Monika Eggers

Hunde, die Engel sind

AF191558

Monika Eggers

Hunde, die Engel sind

Erlebnisbericht

Impressum

Bibliografische Information der Deutschen Nationalbibliothek: Die Deutsche Nationalbibliothek verzeichnet diese Publikation in der Deutschen Nationalbibliografie; detaillierte bibliografische Daten sind im Internet über http://dnb.dnb.de abrufbar.

Die automatisierte Analyse des Werkes, um daraus Informationen insbesondere über Muster, Trends und Korrelationen gemäß §44b UrhG („Text und Data Mining") zu gewinnen, ist untersagt.

Verlag: BoD · Books on Demand GmbH, In de Tarpen 42, 22848 Norderstedt, bod@bod.de

Druck: Libri Plureos GmbH, Friedensallee 273, 22763 Hamburg

ISBN: 978-3-7693-2068-8

FSC
www.fsc.org

®

MIX
Papier aus verantwortungsvollen Quellen
Paper from responsible sources
FSC® C105338

Inhaltsverzeichnis

I EULE UND LAKRITZE

Hundeglück und Hundeleid

1 Eule...8

2 Lakritze..36

3 Katastrophe...46

II TOFFIFEE UND SMILLA

Hoffnung und Perspektive

4 Toffifee..94

5 Smilla Schneewittchen......................122

6 Entspannung.....................................135

7 Ausblick...140

PROLOG

Tiere können nicht für sich selbst sprechen. Und deshalb ist es so wichtig, dass wir als Menschen unsere Stimme für sie erheben und uns für sie einsetzen.
[Gillian Anderson]

Wenn wir gefragt werden, ob wir einen Hund haben, antworten wir stets: „Wir haben vier Hunde: Zwei im Himmel und zwei hier auf der Erde." Das habe ich von meinen Kindern gelernt.

Kinder haben Fähigkeiten, die uns im vernünftigen Erwachsenendasein abhandengekommen sind. Wenn Kinder ihren verstorbenen Opa auf der Wolke sehen, ihn begrüßen und ihm zuwinken, schmunzeln wir über die kindliche Naivität. Vielleicht aber ertappen wir uns auch dabei, dass wir kurz hochschauen und uns für den Moment eine mystische Gänsehaut über den Rücken läuft.

Wir sind davon überzeugt, dass unsere Hunde sich alle kennen, denn Hunde wissen und ahnen und können viel mehr als wir denken. Unsere vier Hunde sind so unterschiedlich wie Hunde nur sein können. Unsere Namenswahl spiegelt nicht die Top Ten der beliebtesten Hundenamen wider. Unsere Vier heißen nicht Balou, Ben, Luna oder Laika.

Zu uns gehören:

Eule, Lakritze, Toffifee und Smilla "*Schneewittchen*".

Kein schlauer Ratgeber mutmaßlicher Hundeexperten oder gar Hundeversteher soll das Buch sein. Dies ist die Geschichte unserer Hunde. Die Geschichte unserer Familie mit unseren Hunden. Freud und Leid – aber unterm Strich das größte Glück, mit Hunden leben zu dürfen!

Hundeglück und Hundeleid

1 Eule

Wenn sich im Paradies eine Menschenseele und eine Hundeseele begegnen, muss sich die Menschenseele vor der Hundeseele verneigen.
[sibirisches Sprichwort]

Als Eule bei uns einzog, hatte ich von Hunden keine Ahnung. Ich bin nicht mit eigenem Hund aufgewachsen. Wir hatten Kaninchen, die zunächst spannend waren, dann aber sehr schnell von meinen Eltern versorgt wurden.

Meine Zuneigung zu Hunden erwarb ich vor allem im Fernsehsessel. Lassie, unser aller Freund und Retter in der Not, prägte die ganze Generation. Der Kumpel und Menschenversteher Lassie zog uns magisch an, auch wenn die reale Welt leider oft anders erschien:

„Die Doggen sind los!"

Diese Warnrufe hörte ich manchmal außerhalb meines bequemen Fernsehsessels. Die beiden riesigen Wachhunde aus dem nahe gelegenen Baumarkt konnten sich regelmäßig aus ihrem Zwinger befreien. Sie jagten durch die Straßen und die Mütter riefen uns Kinder eilig in die Häuser.

Meine damalige Kleinkind-Erkenntnis: Große Hunde sind nicht nur ein „Lassie" sondern oft auch gefährliche Bestien!

Dass die armen Doggen ihr Leben im Gefängnis verbrachten, bei erfolgreichem Ausbüchsen die Freiheit genossen und für den Moment glücklich flitzen konnten, habe ich als Kind natürlich nicht erkannt.

Eine weitere Bestie wohnte bei meinen Verwandten hinter Gittern in einem Schuppen. Die Bestie war in meinen Kinderaugen riesengroß, hörte nie auf, laut zu bellen und zeigte ihre gefletschten Zähne. Immer wieder sprang dieser wilde Hund gegen die Gitterstäbe und war voller Aggression und Unruhe.

„Mit dem ist nicht zu spaßen", bekam ich zu hören und nahm respektvoll Abstand. Mit dem Wissen von heute hoffe ich, dass der arme Hund jetzt im Himmel glücklich sein darf. Diese „Bestie" war ein eingesperrter Familienhund, ein Dalmatiner.

Wenn ich heute meine Tochter vom Sport abhole, stehe ich auf dem Gelände fassungslos vor dem Hundezwinger. Ein brauner Labrador, der dort tatsächlich als Wachhund sein Dasein fristet, blickt mich mit traurigen Augen an. Er reibt sich vorsichtig an den Gitterstäben entlang und lässt zu, dass ich ihn streichele. Im nächsten Moment knurrt er plötzlich und fletscht die Zähne, denn er ist verstört in seinem Gefängnis und sicher furchtbar einsam, wenn er nachts auf dem Geländehof im Industriegebiet seine Runden zieht. Mir kommen die Tränen, aber der Zwinger ist nach den gängigen Regeln groß genug und somit das Hundeleben „offiziell" lebenswert.

„Beim ersten Hund macht man die meisten Fehler!" – Das habe ich in einem meiner zahlreichen, schlauen Hundeerziehungsratgeber gelesen, die meine Bücherregale füllen.

Ich war immer sicher, dass das bei uns nicht so sein würde. Unser Hund würde schließlich ein Lassie sein. Als beste Freunde würden wir uns immer blind verstehen und stundenlang entspannt den Alltagsstress hinter uns lassen, um in Harmonie durch die Felder zu streifen. Bis ins hohe Alter würden wir voller Energie gemeinsam durch dick und dünn gehen. Ein erstes Warnsignal habe ich damals übersehen:

In meiner Phantasie schien dabei immer die Sonne.

Ein Berner Sennenhund namens „Eule" sollte es sein.

Das stand eigentlich schon immer fest. Als mein Mann und ich als Redakteure das Stadtleben so satt hatten, dass wir kurzum aufs platte Land umsiedelten, ist Eule quasi direkt mit eingezogen. Vorerst allerdings nur als Wunsch in unserer Phantasie. Den Namen „Eule" haben wir dabei nicht ausgewählt, sondern er kam zu uns. „Eule" war einfach da und als Name selbstverständlich. Wie und warum das passieren konnte, wissen wir bis heute nicht. Es war so und es war perfekt.

Leider erfuhren wir sehr schnell, dass ein Hund in unserer Wohnung, die wir auf einem Kotten gemietet hatten, doch nicht erwünscht war.

Weil ich kurze Zeit später schwanger wurde, stand der Hundewunsch dann auch erst einmal hinten an. Die erste Schwangerschaft ist vom Teststreifen bis zur Geburt schon ein wahres Abenteuer. Als nicht hundeerfahrene angehende Mama hätte ich mir diese „Doppelbelastung" niemals zugetraut. Nachher ist man immer schlauer. Aber zu dem Zeitpunkt ahnten wir in beiden Fällen ja nicht im Geringsten, was auf uns zukommen würde.

Der Hund in spe wartete artig im Hinterköpfchen. Das Töchterchen wurde geboren. Der Sohn wurde geboren. Ein Umzug mit Kind und Kegel in eine Doppelhaushälfte und dann der eigene Hausbau. Jobwechsel. Kurze Nächte mit Augenringen, Krabbelgruppen, Kindergarten, Kinderkrankheiten, Impfungen, Paukenröhrchen-OP und Asthma. Ganz versteckt im Hinterkopf die Eule.

Doch dann sollte es soweit sein:

Gigantisch, mächtig und tiefschwarz: Ich konnte es nicht glauben, als mein Mann und meine Tochter von draußen ans Küchenfenster klopften. Dort stand es auf dem Hof. Es sah aus wie ein leerer, schwarzer Pool. Hundebesitzer nennen es Körbchen.

„Mama, wir wollen ein Zeichen setzen. Bitte, wir brauchen jetzt einen Hund. Eule soll einziehen!"

Ich schaute von meiner Tochter hoch zu meinem Mann und runter auf den gigantischen Pool. Dieses sogenannte Körbchen konnte unmöglich für Eule sein. Unsere komplette Familie hätte künftig darin Platz.

„Wir wollen hiermit ein Zeichen setzen", wiederholte nun auch mein Mann mit seinem erfolgreichsten Bettelblick. Ich kam aus der Nummer nicht mehr raus. Und ich wollte es ja auch nicht. Es konnte nicht so schwer sein, seine Angst zu überwinden, oder?

Ich nickte fest und meine Knie zitterten.

Ein paar Tage später schon hatten wir unseren ersten Welpentermin. Auf einem Bauernhof in der Nähe stiegen wir vier gerade aus dem Auto, als zwei ausgewachsene Berner Sennenhunde direkt auf uns zuliefen. Sogar mein Mann staunte, weil es sich um äußerst große Berner handelte. Ich wollte direkt im Auto warten, kam damit aber nicht durch. Tapfer schlich ich hinter dem Bauern und meiner Familie durch das Dielentor. In einer Welpenkiste tummelten sich sechs muntere, wuschelige Hundebabys, die so niedlich waren, dass ich sie gerne alle genommen hätte. Als Mama Berner Sennenhund dann aber direkt bei mir Position einnahm, sah ich vor mir, dass aus den kleinen Kuscheltieren sehr schnell ponygroße Riesenhunde werden würden. Mit so einem stattlichen, stolzen Hund Gassi zu gehen, das würde sicher in der Siedlung großen Eindruck machen. Bleibt die Frage, wer dann wohl mit wem Gassi geht, schoss es mir durch den Kopf. Die gigantische Hundemama schaute mich an und ich fühlte mich ertappt. Sie hatte wunderschöne, durchdringende Augen, aber mein Herz sackte mir in die Hose.

Wir baten den netten Bauern um Bedenkzeit, sagten aber noch am selben Tag ab. Erleichtert, aber traurig dachte ich an den faszinierenden Blick der großen Hündin.

Nach kurzer Verschnaufpause suchten wir nach weiteren Angeboten im Internet und in der lokalen Tageszeitung. Als etwa eine Autostunde entfernt Berner Sennenwelpen zu besichtigen waren, meldeten wir uns, ohne zu zögern. Noch am frühen Abend machten wir uns auf den Weg. Die Adresse leitete uns zu einem schicken Einfamilienhaus in einer gewachsenen Wohnsiedlung. Über eine Holztreppe führte der Familienvater uns in einen wohnlich ausgebauten Keller. Dort wuselte es in einer großen Welpen Kiste. Sieben lebendige

Kuscheltiere tobten durcheinander und wussten nicht, dass sie hier bald ausziehen würden. Die Hundemama war nicht klein, sah für mich in dem warmen, holzvertäfelten Raum aber längst nicht so gigantisch aus wie die Riesenhunde auf der düsteren, zugigen Hofdiele.

„Zwei Welpen sind noch frei!", hörten wir eine freundliche Frauenstimme hinter uns. Die Gattin des höflichen Hausbesitzers gab uns die Hand und begrüßte uns herzlich. Ich taute in dieser wohligen Atmosphäre gleich auf und streichelte sogar Mama Hund. Die nette Frau kam mit zwei der kleinen Wuschelwelpen auf dem Arm zu uns rüber.

„Das sind Max und Moritz. Diese beiden kleinen Rüden sind noch frei."

Wir nahmen auf der bequemen Couchgarnitur Platz. Die Besitzerin setzte jedem Kind ein Hündchen auf den Schoß und das Strahlen war größer als an Heiligabend.

„Wir nehmen beide!" verkündete meine Tochter fest entschlossen. Die Kids waren sich da einig. Ich bekam Moritz auch noch auf den Schoß gesetzt und war gerührt. Mein Mann und die Kinder wählten letztendlich Max und ich war zufrieden.

„In drei Wochen dürfen sie den kleinen Mann abholen. Dann ist er 8 Wochen alt." Das nette Ehepaar verabschiedete uns an der Tür und wir saßen selig im Auto.

Irgendwie würde Max auch als Junge Eule heißen können, oder?

„Ein Rüde? Ein Berner Sennenrüde? Habt Ihr komplett den Verstand verloren? Warum habt ihr nicht gleich einen Bären ausgesucht?"

Meine Kollegin war entsetzt. Das komplette Team nickte, auch wenn davon nur ein Drittel einen eigenen Hund hatte. Ich bekam einen Internetausdruck mit wichtigen Daten und Fakten zur Rasse vorgelegt:

Die „Schattenseiten" des Berners:
[...]
Ein Rüde kann 50 oder 60 Kilogramm schwer werden und hat eine Kraft, die leicht ausreicht, um seinen Halter umzuwerfen. Als gut erzogener Hund wird er das nicht tun, aber es gibt Situationen, die selbst den bravsten Sennenhund seine Erziehung vergessen lassen, zum Beispiel eine läufige Hündin, ein in der Ferne erspähter Spielkamerad, eine Bezugsperson, die heimkehrt. Dann wird er stürmisch und reißt so manches mit sich.

[Lauer, Isabella: Berner Sennenhund: Charakter. Erziehung. Gesundheit. Bunsbek: Cadmos 2005. S. 27]

„Na und?"

Tapfer setzte ich ein überlegenes Lächeln auf, während mein inneres Ich um Hilfe schrie.

„Wozu gibt es Hundeschulen? Man muss nur eine gute Schule auswählen und selbst viel trainieren. Und dann zählt da vor allem noch das Vertrauen zwischen Mensch und Hund!"

Meine Lassie-Vision sprach ich dann mal nicht an, denn sie wurde gerade zur Illusion.

Zu Hause grübelte und grübelte ich. In der Familie war ich die Einzige, die durch die neuen Fakten beunruhigt war. Die Zeit rannte und meine nächtlichen Grübeleien bauten mich nicht auf. Vier Tage nach unserem Besuch bei Max sagte ich den Rüden telefonisch ab. Ich konnte nicht anders. Da war nicht nur die Angst. Tief in mir hatte ich das Gefühl, Eule noch nicht gefunden zu haben. Glücklicherweise gab es für Max und Moritz noch mehrere Interessenten.

Meine Familie war nicht begeistert.

Einige Wochen ohne neue Angebote und Recherchen unsererseits zogen ins Land.

Unsere Suche stagnierte.

Dann kam der Umschwung:

Berner Sennenwelpen im Nachbarort!

Kollegen hatten ihre Berner Sennenhündin auch von dort und waren glücklich damit. Durch meine Erfahrungen, vor allem mit mir selbst, blieb ich erst einmal skeptisch. Würde es jetzt klappen? Wartete Eule dort auf uns? Oder würde es wieder an mir scheitern? Eine Mischung aus Euphorie und Zuversicht überkam mich dann aber, als ich die Anschrift des Züchters erhielt. Es war tatsächlich die Straße meiner Großeltern, die leider schon lange, viel zu früh, verstorben waren. Eine Ruhe und Gewissheit breitete sich wohlig warm in mir aus. Noch waren die Welpen aber gar nicht geboren. Wir machten trotzdem direkt schon mit den Züchtern aus, dass wir mit 4 Wochen einen Welpen aussuchen durften. Die Suche nach weiteren Anzeigen in der Zeitung war vorbei. Jeder war bereit, diesen Termin abzuwarten. Wir machten uns rasse- und welpenkundig und schoben schon einmal probeweise Möbel hin und her, um den besten Platz für Eules schwarzen Hunde-korb-Pool zu finden.

Es stellte sich wie selbstverständlich eine familiäre Zuversicht ein. Wir waren gespannt, wann der Geburtstag unserer Eule sein würde.

Ich erhielt die Nachricht am Arbeitsplatz. 10 Welpen waren ge-boren. Am 3.3. würden wir zukünftig jedes Jahr Hundegeburtstag feiern. Sofort rief ich meinen Mann an:

„Eule ist da!"

Er und meine Kinder waren mit mir total aus dem Häuschen.

Die nächsten 4 Wochen zogen sich wie ein Kaugummi, doch dann kam der ersehnte Anruf, dass wir Welpen gucken konnten.

Den Weg kannte ich ja gut aus meiner Kindheit. Wir fuhren kurz vorm Ziel am Haus der verstorbenen Urgroßeltern unserer Kinder vorbei. Ich hatte es lange nicht gesehen, meine Kinder noch nie. Dann parkten wir vor der Garage der Hundezüchter. Freudig aufgeregt und in der Hoffnung, unsere Eule zu finden.

Wir haben Eule nicht gefunden, sondern Eule hat uns gefun-den.

Das Bellen mit sonorer, kräftiger Stimme hinter der Gartentür gehörte zu Mama und Oma Hund, wie sich schnell herausstellte. Die Tür öffnete sich und die Züchter begrüßten uns herzlich. Das stürmische Hallo von Oma und Mama Hund ließ mich nur für den Bruchteil einer Sekunde strammstehen. Ihre Größe war enorm, aber ich konnte über mein eigenes Schisshasenverhalten witzeln, was ein Riesenfortschritt war.

Gespannt folgten wir der Familie in den Garten. Ein großes Grundstück mit viel Rasenfläche und einem Gartenhäuschen am anderen Ende lag vor uns. In dem Häuschen hatten die 10 Welpen ihre Welpenbabystube. Wir warfen einen kurzen Blick auf das Ge-wusel und gingen zurück auf den Rasen. Dann wurde aus dem Riesenwollknäuel eine Riesenparty. Die Welpenbande wurde nach draußen auf den Rasen gelassen. Die Hündchen tapsten, tobten und hüpften glücklich durchs Gras. Sie spielten ausgelassen und zeigten uns, wieviel Energie so kleine Hundebabys schon mitbringen konnten.

Nur ein kleiner Welpe stand da und beobachtete das Spiel. Eigentlich nicht das Spiel, sondern uns. Langsam tapste der kleine Zwerg direkt auf uns zu und blieb bei uns.

„Das ist die Kleinste von allen", erklärte der Züchter. „Sie bekommt bei der großen Welpenzahl wohl nicht genug Milch ab. Deswegen füttern wir sie zusätzlich mit dem Fläschchen."

Wir vier erkannten Eule sofort.

Sie hatte uns gefunden und war zu uns gekommen. In hohen Züchterkreisen wäre sie nicht brauchbar gewesen. Die Pfoten hatten keine einheitliche Fellfärbung und die Blässe war so schmal, dass sie wohl im Erwachsenenalter kaum zu sehen sein würde. Sie war das süßeste Bündel Hund, das wir je gesehen hatten. Klein, ruhig und fest entschlossen, zu uns zu gehören.

Später durften unsere Kinder helfen, Eule mit dem Fläschchen zu füttern.

Selig fuhren wir nach Hause.

Nach einem weiteren Besuch durften wir Eule beim dritten Zusammentreffen endlich mit nach Hause nehmen. Sie war mittlerweile 8 Wochen alt. Groß war sie schon geworden, fand ich. Ich war voller Respekt, denn ich ahnte ja nicht, wie schnell und gewaltig Berner Sennenhunde wachsen. Ein letzter Blick auf Mama und Oma Hund versicherte mir aber, dass es eine gute Entscheidung war, als Hundekorb den gigantischen Pool zu nehmen.

Mit im Gepäck hatten wir ein Handtuch, das in den letzten Tagen in der Welpenstube „gelebt" hatte. Es roch nach Mama, Geschwistern und der gesamten, bisherigen Eulewelt, damit sie im neuen Zuhause etwas Vertrautes hatte, das sie beruhigte. Ein toller Tipp der Züchter, den wir bisher immer wieder auch zukünftig beherzigt haben.

„Willst Du Eule auf den Schoß nehmen und ich fahre?", fragte mein Mann und hielt mir schon die Decke hin, in die Eule sich bei mir einkuscheln konnte.

Mein Herz blieb für eine Sekunde stehen.

„Ich?", fragte ich heiser. „Hm, wir machen es lieber umgekehrt. Ich nehme das Lenkrad und du die Eule."

Mein Mann schmunzelte. Ich konnte den Rest-Schisshasen in mir wohl nicht verbergen.

„Wir nehmen Eule! Wir nehmen Eule zu uns nach hinten!"

Meine Kinder waren voller Energie und Tatendrang, so dass mein Mann sich schnell mit dem Welpen auf den Beifahrersitz positionierte. Ganz klein war Eule plötzlich wieder auf dem Schoß in der roten Decke und dem Handtuch mit dem vertrauten Welpenkistengeruch. Wir würden ein rotes Halsband nehmen, war mein direkter Gedanke: Das war Eules Farbe, stand ihr super.

Zittrig setzte ich mich ans Lenkrad und winkend verabschiedeten uns die netten Züchter. Ich war stolz auf mich, weil ich trotz höchster Aufregung weder den Motor abgewürgt noch etwas gerammt hatte.

Die Fahrt klappte gut. Die kleine Eule jammerte nicht, sondern blieb ganz ruhig und eingekuschelt in der Decke auf dem Schoß meines Mannes liegen. Nach kurzer Zeit legte Eule ihr Köpfchen in seine Hand und die Welt war in Ordnung.

Eule würde ihr Leben lang unser aller Hund sein, aber ihre Nummer Eins, die engste Bezugsperson, hatte sie spätestens in diesem Moment schon gewählt. Und Papas Hund ist sie trotz der Nähe zur gesamten Familie immer auch geblieben.

Eules erste Erfahrung im neuen Zuhause war der Garten. Draußen und Gras - das kannte sie. Wir setzten den Welpen direkt auf den Rasen und beobachteten, wie Eule sich erst einmal entleerte und dann neugierig ihre Umwelt erkundete.

Zusammen mit viel Streicheln und sanften Worten entdeckte Eule ihr neues Reich. Dann trug mein Mann das kleine Eulchen vorsichtig die vier Stufen der Natursteintreppe hinauf und setzte sie auf die Terrasse in den Splitt. Das Gefühl an den Pfoten war ihr wohl nicht so geheuer, denn sie jammerte etwas. Wir merkten auch, dass die kleine Eule müde wurde nach all der Anstrengung und den neuen Erfahrungen. Vorsichtig tapste sie über die kleinen Steinchen und die Türschwelle in die Küche. Dort wartete ihr gefüllter Wassernapf. Es dauerte ein Weilchen, aber mit gutem Zureden und abgeschleckten Wasser Tröpfchen auf unseren Fingern trank sie. Die Augen fielen dabei vor Erschöpfung schon fast zu.

Der gigantische Hundekorb stand startbereit im Wohnzimmer. Direkt an der Terrassentür, so dass Eule von dort immer einen tollen Ausblick in den Garten haben würde. Mein Mann trug Eule behutsam ins Wohnzimmer und legte sie, zusammen mit ihrem vertrauten Handtuch, auf das schwarze Hundekissen in den neuen Korb.

Ganz winzig war die Eule in dem großen, aber kuscheligen Pool.

Mein Sohn legte ein weiches, gelb-pinkes Kuscheltier ganz eng neben unseren Welpen. Das Frotteehündchen hatten die Kinder schon vor Eules Ankunft auf den Namen „Schmusi" getauft. Schmusi würde Eule ihr Leben lang begleiten.

Als Eule schon quasi weggedöst war, verteilten wir uns langsam und ganz leise im Raum. Die Kinder saßen mucksmäuschenstill nahe dem Korb auf dem Teppich. Nach der Aufregung war ich auch hundemüde und geschafft. Auf einmal kletterte die kleine Eule vorsichtig aus ihrem Korb. Langsam, aber zielstrebig tapste sie zum Sofa, wo mein Mann Platz genommen hatte. Eule legte sich auf Papas Fuß und schlummerte dort ein. Traumplatz in Sicherheit gefunden.

...

Die Nacht verbrachte mein Mann unten mit Eule. Ich hätte eifersüchtig sein können, war es aber, ehrlich gesagt, in keinster Weise. Erschöpft von den Ereignissen des Tages genoss ich es, ohne Verantwortung für den Hund einfach in meinem Bett zu liegen. Ein Stück Auszeit, das mir noch nicht einmal ein schlechtes Gewissen machte. Für mich war ein Leben mit Hund absolutes Neuland. Nach und nach wurden mir die Dimensionen dieses Neulandes bewusst.

Am nächsten Morgen verkündete mein Mann stolz, dass Eule sich vorbildlich gemeldet hatte, wenn sie sich entleeren wollte. Weder Häufchen noch Pippipfütze musste er nachts vom

Fußboden entfernen. Nach ein paar nächtlichen Gassiminuten im Garten hatte Eule den Bogen komplett raus.

Dass Eule mit diesem pflegeleichten Verhalten eine löbliche Ausnahme in Sachen Stubenreinheit war, würde uns in einigen Jahren noch so richtig bewusst werden.

Schon nach ein paar Tagen hatte Eule sich bestens bei uns eingelebt. Ausgestattet mit rotem Halsband und Leine meisterte sie die ersten kleinen Gassigänge außerhalb des Gartens. Ihr „Heimathandtuch" schien sie nicht mehr zu benötigen, denn es lag unbeachtet in ihrer Spielzeugecke. Eule fraß gut, ohne verfressen zu sein, und neben den bisherigen Lieblingsplätzen war noch der schmale Spalt unter dem Fernsehschrank hinzugekommen. Lange würde die wachsende Eule darunter keinen Platz haben.

Gemütliche Lieblingsplätze, gutes Futter und ganz viel Hundeliebe reichten allerdings nicht aus. Eine gute Erziehung musste her. Hundeerfahrung hautnah hatte nur mein Mann. Mischlingshund Wuschel hatte ihn durch die Kindheit begleitet und sich im Alter zum Sterben vor seine Tür gelegt. Von uns kannte nur mein Mann die Treue eines Hundes.

Die erstbeste Hundeschule, die wir im Internet auftaten, war etwa 20 Minuten Autofahrt entfernt. Vom Parkplatz gingen wir durch eine große, unaufgeräumte Scheune, in der man in geselliger Runde bezahlte. Am anderen Ausgang standen wir vier mit Eule direkt auf dem Hundeplatz. Wir befanden uns zwischen unterschiedlichsten Welpen sowie Herrchen und Frauchen, die eifrig Sitz und Platz übten und ihre Hunde über wackelige Wippen und durch bunte Schlauchtunnel laufen ließen. Angelockt mit diversesten Leckerli. Die Trainerin preiste uns ihre Lieblingsleckerli an und drückte mir ein übel fischig riechendes, kleines Exemplar in die Hand. Es war tatsächlich ein kleiner, getrockneter Fisch, der mich mit großen, starren Augen anglotzte. Für Eule war das nicht genug Anreiz, um durch den flatternden Tunnel zu laufen, auch wenn ich meinen Kopf samt Fischleckerli ins Tunnelende steckte.

„Für den Anfang ganz gut heute!", lobte die Trainerin.

Der rote Faden der Stunde war mir wohl im Tunnel stecken geblieben. Die zweite Welpenstunde war sehr prägend für uns alle. So sehr, dass es auch die letzte Stunde wurde.

„Hallo hübsche Eule!", freute sich die Trainerin. „Wirklich wunderschönes Fell hat Ihr Hund, und es wird noch so viel mehr, wenn Eule erst ausgewachsen ist. Da ist regelmäßig intensives Bürsten angesagt."

Dank unserer nigelnagelneuen Hundebürste hatten wir schon erste Erfahrungen gemacht. Nun ja, ich hatte Respekt vorm Bürsten, aber mein Mann machte es souverän. Ihm gefiel das Bürsten allerdings besser als unserer Eule.

„Würden Sie die Hundewolle für mich sammeln?"

Überrascht schaute ich auf die Quelle dieser Worte. Die Hundetrainerin hatte ein sehr ungewöhnliches Hobby.

„Ich spinne die Hundewolle und stricke mir daraus Pullover und hübsche Taschen. Einfach vollkommen! Und hält wunderbar warm."

Mir blieb die Spucke weg. Heute befürchte ich, dass ich die Frau damals mit offenem Mund angestarrt habe. Mir kroch eine Gänsehaut von den Fußsohlen bis zum Nacken hinauf. Es juckte mich überall. Ich war fassungslos. Die Trainerin wollte ein Stück Eule als Klamotte anziehen. Ich schwieg und gruselte mich.

Im Auto verkündete ich eine klare Entscheidung:

„Dies war unsere letzte Trainingsstunde hier!"

Alle waren einverstanden.

Eine weitere Welpengruppe in entgegengesetzter Fahrtrichtung folgte. Idyllisch gelegen im Wald. Wir fuhren sonntags alle zusammen dorthin und lernten Grundkommandos wie Sitz, Platz, Komm und Bleib.

Beim freien Welpenspiel zeigte Eule sich kontaktfreudig und voller Energie. Ein glücklicher Welpe, der ohne Angst neugierig die Welt entdeckte. Der ein langes Leben noch vor sich hatte und uns nicht ahnen ließ, dass manchmal alles anders kommt als man denkt.

Die ersten Trotzphasen setzten ein, auch wenn ich Eule im Nachhinein mit dem Wissen von heute als ruhig und sehr geduldig beschreiben würde. Ja, sie war die geduldigste Hündin, die ich kenne. Die Kinder konnten sich ankuscheln und es sich auf dem Teppich vorm Fernseher mit ihr gemütlich machen wie auf einem großen, weichen Kopfkissen. Mein Sohn war vier, meine Tochter gerade sechs geworden. Eule ging behutsam mit beiden um, was die Kinder Eule gegenüber erwiderten. Auch heute, wo meine Kinder sich schon mit großen Schritten dem Abitur nähern, kann ich immer nur wieder bestätigen: Wenn Kinder mit Hund aufwachsen, läuft schon mal etwas absolut richtig!

Eules Trotzphasen waren eher kleine Trotzmomentchen, über die wir schmunzeln konnten. Eines Tages, Eule war noch ein – in Berner Sennendimensionen gemessener - Stöpsel von nicht mehr als 4 Monaten, saß sie still an der Wohnzimmertür und beobachtete uns auf dem Sofa. Das dachten wir auf jeden Fall. Doch Objekt ihrer Begierde war das Käsebrötchen meines Sohnes, das Eule wohl vom Teller des kleinen Couchtisches herab anlächelte. Eule näherte sich und wir freuten uns über ihre Ankuschelungsabsichten, wie wir dachten. Falsch gedacht, denn mit einem Schwupps schnappte das Hündchen nach dem Brötchen und jagte vom Wohnzimmer über Flur und Küche durch die offene Terrassentür hinaus in den Garten. Kreischend und quietschend vor Lachen flitzten meine Kinder und ich hinterher und machten damit die wilde Jagd nur noch spannender für Eule. Das clevere Eulchen schoss wie der Blitz über die Terrasse und den Rasen und flitzte unter den dicken Busch hinterm Haus, der ihr und dem Käsebrötchen Schutz bot. So dicht mit so kratzigen Ästchen gaben wir uns vorm Busch geschlagen und wünschten Eule „Guten Appetit!". Eule konnte in Ruhe ihre Beute verputzen und kam danach wieder zu uns, um sich umkuscheln zu lassen.

Inkonsequent – so würden es unsere Hundetrainer sicher tadelnd bezeichnen. Wir hatten viel Spaß und Eule hat nie wieder ein Brötchen vom Teller stibitzt.

Eule war aber kein anhängliches Rund-um-die-Uhr-Kuscheltier, sondern brauchte von Zeit zu Zeit ihre Auszeit und wechselte dann nicht nur die Zimmerecke, sondern auch den Raum.

Wie für einen Berner Sennenhund prophezeit, war Eule sehr bellarm und gemütlich, auch wenn sie beim Gassigehen abgehen konnte wie eine Rakete. Lag sie im Korb mit Blick nach draußen und dort lief ein anderer Hund vorbei, hörte man von Eule maximal ein kurzes, sonores Wuff. Wir kannten noch nicht das Leid der Hundebesitzer mit Alles-Ankläffern, die das Haus zusammenbellten und nach draußen wollten, bevor der fremde Hund am Zaun überhaupt zu sehen war.

Eule musste man im Haus gerade im Erwachsenenalter manchmal sogar suchen. Einmal, als Eule mindestens zwei Jahre alt war, hatte ich Besuch von meiner Freundin. Wir tranken Kaffee im Wohnzimmer, bis sie fragte:

„Wo ist Eule denn? Gar nicht zu Hause?"

„Sicher noch im Garten", meinte ich, denn die Terrassentür stand offen.

Als meine Freundin sich eine Stunde später erhob, um nach Hause zu fahren, erhob sich hinterm Sofa noch jemand. Lautlos blickte Eule uns kurz an und trottete durch die offene Terrassentür nach draußen in ihren geliebten Garten.

Nur wenn mein Mann von der Arbeit nach Hause kam, wurde aus der ruhigen Eule ein flummispringender Indianer mit Freudengeheul. Heute bin ich sicher, dass diese Aufmerksamkeit bereits einsetzte, wenn mein Mann gerade erst die Rechtskurve in unsere Straße nahm. Und mein Mann kam längst nicht pünktlich auf die Minute zur gleichen Uhrzeit nach Hause. Wenn er auf den Hof fuhr, war Eules Freude unbeschreiblich. Ich wartete, bis der Wagen stand und der Motor aus war und ließ Eule raus, um meinen Mann abzuholen. Eule war nicht mehr zu bremsen und preschte los bis zur Fahrertür, wo Papa schon auf sie wartete. Das Abholen hat Eule bis zum Schluss nicht abgelegt.

Eule wuchs und wuchs zu einer stattlichen Hündin heran, bis sie ganz und gar nicht mehr verloren in ihrem großen Pool-

Hundekorb wirkte. Für eine Berner Sennenhündin war sie trotzdem eher klein und zart, genau passend für uns.

Durch Eules Aufwachsen in der Familie ist mein Mut bezüglich großer Hunde einfach mitgewachsen. Die Größe unserer doch recht zierlichen Berner Sennenhündin wurde für mich normal. Durch ihr ruhiges Wesen verlor ich die Angst. Ich bin da quasi, wie man so sagt, hineingewachsen.

Mit dem Erwachsenwerden setzte sich aber auch der Alltag wieder durch. Und mit ihm auch die kleinen Unannehmlichkeiten, die manchmal zu größeren Nörgeleien, vor allem meinerseits führten. Wenn ich zurückblicke, schäme ich mich heute für meinen Mangel an Gelassenheit, was das Leben mit Hund angeht.

Einen Berner Sennenhund bei Schmuddelregenwetter trocken, geruchsfrei und sauber zu bekommen, ist eine Herausforderung. Ich wische, aber ich wische nicht gerne. Und wenn ich das getan hatte, Eule aus dem Garten kam und sich beim Pfotenabwischen und Fellabrubbeln zierte, durch meine Hände flutschte und mit Riesenmatschpfotenabdrücken im Wohnzimmer verschwand, brachte mich das nicht nur einmal zur Weißglut.

„Warum habe ich gewischt? Ich bin hier der Idiot, der alles umsonst macht!"

War meine Familie zugegen, konnte ich das Schimpfen und Fauchen in doppelter Lautstärke, um meinem Frust Ausdruck zu verleihen und so richtig Dampf abzulassen. Sauberer wurde es dadurch auch nicht. Eule blickte mich an, schüttelte ihr Zottelfell ausgiebig auf dem roten Wohnzimmerteppich und verkroch sich im Korb. Für mein pingeliges Verhalten schäme ich mich im Nachhinein. Vor allem, weil ich die Zeit nicht zurückdrehen kann. Zeit ist kostbar. Man sollte sie intensiv nutzen. Das weiß ich heute.

Sonntags war und ist bei uns Familientag. Waren wir alle zusammen mit Eule unterwegs, fühlte ich mich sicher und gab innerlich die Verantwortung ein Stück weit an die Familie ab. Trotzdem blieb ein mulmiges Gefühl, wenn Eule auf einem Acker zwischen den Pflanzen verschwand oder ein Auto kam, wenn sie unangeleint war. Vor allem aber litt ich oft unter einer grundlegenden Unruhe vorm und beim Allein-Gassigehen. Ich nenne es die Überängstlichkeit beim ersten Hund. Diese Angst, gepaart mit gelegentlicher Bequemlichkeit und konfliktscheuem Verhalten würde ich gerne auf dem Zettel meiner Erinnerungen ausradieren. Denn, wenn es regnete und Eule mich empört und lustlos an der Haustür anblickte, zog ich – nicht zuletzt aus Bequemlichkeit - den kurzen Besuch im eigenen Garten vor. Regnete es nicht, war die Überwindung manchmal trotzdem groß. Erst Jahre später sollte ich lernen und fühlen, wie viel Energie und gleichzeitig Ausgeglichenheit und Ruhe diese langen Spaziergänge Mensch und Hund geben können. Bis dahin lagen Wunschtraum und Realität vom Allein-Gassigehen bei mir manchmal noch Meilen auseinander:

Mein Gassitraum war sonnig, idyllisch und Zweisamkeit pur. Ich träumte davon, mit meinem „Kumpel" Eule durch die Felder zu streunen, Stöckchen zu werfen, Wettrennen zu machen und zwischendurch eine Pause auf einer Bank mit idyllischem Panorama einzulegen. Eine Leine brauchten wir zwei nicht. Eule hörte aufs Wort und blieb stets bei mir. Wie Lassie. Trafen wir einen Hund, der auch spielen wollte, schaute Eule mich kurz an und ich nickte. Dann flitzten beide übers freie Feld und hatten artgerechten Riesenspaß. Ein Pfiff meinerseits genügte, und Eule kam zurück zu mir, um mit Mama weiterzugehen. Unsere Mensch-Hund-Zweisamkeit war stets unschlagbar.

Die Realität sah bei schlechtem Wetter folgendermaßen aus: Regenfest eingepackt mit der roten Gassileine in der Hand versuchte ich, Eule mit gutem Zureden und später etwas genervtem Fordern zum Gassigang zu bewegen. Eule gähnte und dachte gar nicht daran, sich bei dem Mistwetter in Bewegung zu setzen. Anlocken durch Leckerli lief überhaupt nicht. Ich ging allein durch die Tür nach draußen und wartete unterm Vordach. Dann öffnete ich die Haustür erneut und Eule fixierte mich. Fordernd rasselte ich mit der Leine. Immerhin erhob sie sich langsam. Noch vorm Verlassen des Hauses leinte ich sie an, unter anderem auch, damit Eule nicht doch noch einen Rückzieher machte. Ich hatte zudem aber immer etwas Angst, dass sie mir vor ein Auto lief. Wir schlürten die Straße entlang und Eule schnüffelte ausgiebig alle Bäume und Grasbüschel ab. Im Schneckentempo ging es voran, und ich fror in der klammen Regenjacke. Wollte ich schneller laufen, streikte Eule und blieb stumpf stehen. Mit Leckerli ließ sie sich schon gar nicht fortbewegen. Bis uns ein anderer Hund an der Leine entgegenkam. Seit die Übungen der Hundeschule nicht mehr fruchteten, stapelten sich bei uns die Hunderatgeber im Bücherregal. Die Patentlösung bei Regenwetter habe ich noch nicht gefunden.

Locker gingen Mensch und Hund an uns vorbei. Eule zog und ich konnte sie kaum halten. In diesen Momenten spürte ich immer kopfschüttelnde Blicke aus den Fenstern der Nachbarhäuser.

Aber wenn es schneite, waren Eule und ich ein Dreamteam. Ich liebe Schnee und fühle mich dann immer eingehüllt in eine Wattewelt. Die Welt blieb für einen Moment stehen und gehörte uns. Autos fuhren nicht oder schlichen nur. Noch vor der Straße ließ ich Eule frei. Sie war halt meine Schnee-Eule. Wir zwei schlitterten und Eule hüpfte zwischendurch vor Vergnügen. Ich warf Schneebälle und Eule stöberte hinterher. Dann liefen wir auf das total verschneite, angrenzende Feld und wanderten einmal rundherum. Eule sauste und jagte immer wieder über das Feld. Ihr muskulöser, stattlicher Körper mit dem langen Fell bewegte sich elegant, sportlich und selbstbewusst. Sie war glücklich. Ich hatte im Schnee keine Angst, dass sie weglief. Eule machte tatsächlich Schnee-Engel. Die schönsten Schnee-Engel auf der ganzen Welt.

„Na, warst Du mit Deiner Schnee-Eule unterwegs?", fragte mein Mann einmal, und ich war glücklich.

Ich dachte in diesem Moment: „Mamas Kumpel".

Eule war und ist bis heute „Mamas Kumpel". Ich liebe diesen Kosenamen, den ich ihr gegeben habe. Auch wenn ich nicht die Nummer Eins bei ihr war und mit der Erfahrung von heute gerne die Zeit zurückdrehen und einiges anders machen würde: Der Kosename „Mamas Kumpel" drückt die Nähe zu Eule aus, die ich gespürt habe und immer spüren werde.

Eines der schönsten gemeinsamen Erlebnisse war unser erster Urlaub mit Hund. Es war gleichzeitig auch der erste gemeinsame Familienurlaub im Ausland: Dänemark mit Eule und unseren Kindern. Dänischer Herbst am Nordseestrand. Vor der langen Fahrt besuchte ich mit den Kids ausgiebig ein Indoor-Spieleparadies, damit beide so richtig ausgetobt und müde wurden für die lange Autoreise durch die Nacht. Das Konzept ging auf.

Als wir am Vormittag endlich im Ferienpark in Nordjütland ankamen, war es noch zu früh, um das Ferienhaus zu beziehen. Eine freundliche Dänin an der Rezeption empfahl uns in perfektem Deutsch:

„Parken Sie Ihr Auto doch schon direkt am Ferienhaus und gehen sie den Fußweg entlang, um die Nordsee zu begrüßen."

Die Reise war unser Geschenk zum 40. Geburtstag meines Mannes. Da ich einige Monate in Dänemark studiert hatte, wusste ich, dass das dänische Wetter, gerade im Herbst, ein Überraschungsei ist. Allerdings hatte ich in Roskilde studiert und in einem Vorort von Kopenhagen gewohnt, so dass ich von der dänische Nordsee quasi keinen blassen Schimmer hatte. Ich war vor der Abfahrt auf alles gefasst: Sturm, Regenschauer und vor allem Wind, Wind, Wind.

Ich blickte den schmalen Sandpfad hinauf, der uns zum Strand führen sollte. Es war kalt und wir warm eingepackt. Der Himmel war tatsächlich strahlend blau und die Sonne schien. Ein wunderbarer Herbsttag an der dänischen Nordsee. Erwartungsvoll und neugierig liefen wir über den Weg dem mit Spannung erwarteten Meer entgegen. Was wir dann sahen, hat uns alle überwältigt: Vor uns erstreckten sich Strand, Meer und Horizont und boten eine lebendige Einheit, wo man mit sich und den Kräften der Natur allein sein kann. Einen langen Moment blieben wir alle inclusive Hund ehrfürchtig stehen. Die Erste, die sich wieder fing und begeistert losssprang, war unsere Eule. Der Wind durchwehte und wuschelte ihr langes, glänzendes Fell. Sie hüpfte und schlug Haken. Mit Jubelgeheule stapften die Kinder über ungewohnten Untergrund hinter Eule her und staunten, lachten, glucksten und riefen laut durcheinander gegen den Wind an:

„Mama!...Papa!...Kommt!!!"

„Wir brauchen Eimer und Schüppen!" „Wow! Steine und Muscheln überall!"

Kein Barfußstrand in meinen Augen, aber ideal für eine ausgiebige Schatzsuche. Eine wahre Wundersammlung an Steinen und Muscheln verschiedenster Formen und Farben. Eines wusste ich schon jetzt: Am Ende des Urlaubs würden unsere Kinder so viele Steine und Muscheln angeschleppt haben, die dann „alle zur Familie gehörten" und mit nach Hause müssten, so dass wir kaum noch ins Auto passten.

„Yeaaahhh...auf zum Wasser!" Die Kinder machten sich mit lautem Gejohle auf den Weg zum Meer. Mit ihnen die Eule. Eule flitzte und hüpfte und jagte und sprang über den Strand wie ein wildgewordener Ziegenbock. So ausgelassen hatte ich unsere Hündin noch nie gesehen. Ich blickte meinen Mann an. Wir waren glücklich und komplett.

Erschöpft von den neuen Eindrücken und so viel frischer Luft öffneten wir die Haustür unseres nun bezugsfertigen Ferienhäuschens. Es war eines von zahlreichen, idyllischen und identischen Unterkünften, weiß gestrichen mit Reetdach. Besonders aufgeregt war meine Tochter, denn sie hatte große Erwartungen. „Luxushütte B14" lautete der stolze Name unseres Feriendomizils. Die Kleine rannte von Tür zu Tür. Lange Wege hatte sie nicht. Die Luxushütte B14 war ein kleines Ferienhaus für 4-6 Personen und maß 20 m².

„Mama, wo ist der Pool? Und das große Wohnzimmer? Kein Kickertisch? Ich soll mir ein Zimmer mit meinem Bruder teilen?", hörte ich ihre empörte Stimme.

Die Schlafzimmer waren kleine, abstellraumgroße Kammern. Doch das ganze Häuschen war mit wohlig duftendem Holz vertäfelt und wirkte einfach urgemütlich. In der Küche standen 4 Stühle plus Tisch vor der einfachen Küchenzeile. Darüber hing unter der Zimmerdecke ein kleiner Fernseher, der schon eine Genickstarre erahnen ließ, wollte man die Nachrichten komplett schauen. Hier in der Küche, zwischen uns, bauten wir ein Nest für Eule. Mit den extra ungewaschenen Decken, die nach Zuhause und Vertrautheit rochen. Und natürlich mit ihrem Kuscheltier Schmusi, das niemals fehlen durfte.

Vor uns lag ein wunderbarer Urlaub an einem menschenleeren, aber unendlich weiten, lebendigen Strand mit Wellenspringen, Schatzsuchen im Sand, viel frischer Luft und Zusammensein mit der Familie. Mittendrin: Eine glückliche, junge Eule.

Weitere Urlaube und Tagesausflüge mit Eule folgten. Ein phantastischer Ausflug mit der ganzen Familie war ein Tag im Schnee. Bei eisigen Temperaturen fuhren wir Fünf zum Sahnehang ins Sauerland. Während ich mit den Kindern den Hang bergab rodelte, war Eule lange mit Papa auf Achse. Denke ich an gemeinsame Ausflüge, gehört dieser nicht nur für uns, sondern sicher auch für Eule zu den schönsten Erlebnissen mit der Familie. Denn wenn ich darüber nachdenke, war dieser Tagesausflug für Eule so besonders schön, weil er eigentlich ein Papa-Eule-Schneetag-Ausflug war. Vertrautheit und Nähe bei einer langen Schneewanderung den Berg hinauf bis zur Wetterstation. Anschließend gab es für uns alle einen heißen Kakao im Restaurant und einen Napf Wasser für Eule, die entspannt am Kamin lag.

War Eule zwischen uns, war sie glücklich. Diese Erfahrungen haben wir mit allen Hunden gemacht, die im weiteren Leben zu uns gehörten und jetzt gehören. Die Nähe Mensch-Hund ist ein Lebenselixier für das Tier. Und natürlich für den Menschen, der sich mit allen Sinnen darauf einlässt. Wie bequem, sauber und praktisch ist für viele Hundebesitzer die Lösung, den eignen Hund in der Pension abzugeben, um am Strand von Mallorca mal so richtig zu entspannen und das Leben zu genießen. In diesen „Genuss" würden wir niemals kommen. Mit dem Wissen, dass der Hund leidet, abgegeben und nicht mehr bei seinem Rudel, würden wir keine Sekunde unseres Urlaubs genießen können. Ich kenne eine Familie, die ein „artgerechtes Urlaubsziel" wählt, wo auch Hund mit dabei sein kann. Von ihren beiden Hunden nimmt sie aber nur den pflegeleichteren Hund mit, um sich besser zu erholen. Der Gedanke an den in der Pension allein zurückgebliebenen zweiten Hund treibt mir die Tränen in die Augen.

Unser Motto: Alle oder keiner. Wir fahren mit allen Hunden oder wir bleiben zu Hause. Bei einem anderen Ehepaar, das seinen Hund immer, wenn der Urlaub anrückte, in die Pension gab, wurde der Hund alt und krank. Je gebrechlicher er wurde, um so trauriger schien er, wenn sein Frauchen die Koffer packte und er wusste, dass er jetzt wieder drei Wochen ohne sie sein würde. Kann man so einen Urlaub genießen? Diese Familie konnte das anscheinend gut ausblenden.

Unsere Hunde waren und sind im Urlaub immer dabei, sonst wären wir nicht komplett. Wir machen Kompromisse und suchen unsere Urlaubsziele so aus, dass es für alle Familienmitglieder passt. Ob Camping mit Wohnwagen, hundefreundliche Ferienhäuser oder mittlerweile im Wohnmobil. Mit dem Wohnmobil sind wir heute so flexibel, dass wir die Hunde auch bei längeren Aufenthalten, wie Musikwettbewerben oder Familienfeiern mitnehmen können und die Hundepension nicht nötig ist. Im Wohnmobil fühlen die Hunde sich sicher. Wir laufen zwischendurch mit ihnen, versorgen und umkuscheln sie.

Weitere Urlaube und Tagesausflüge mit Eule folgten, dazwischen viel Alltag und tägliche Routine, in die Eule sich meist geduldig einfügte. Nur eine kleine, schleichend größer werdende Veränderung beeinflusste unser aller Leben. Zunächst unbemerkt und dann mehr und mehr erahnt und erkannt: Eule wurde ängstlicher.

An dieser Stelle bin ich traurig und beschämt darüber, dass ich mich an die Anfänge dieser zunehmenden Angst nicht richtig erinnern kann. Das Wort Unaufmerksamkeit läuft im Geiste über mein Papier. Ich möchte die Zeit zurückdrehen. Stattdessen versuche ich, mir Erinnerungshilfen in meiner Familie zu holen. Aber jeder von uns kann zu den Anfängen nur bruchstückhaft Infos zusteuern.

Da waren zuerst die „großen", bedrohlichen Geräusche: Gewitter, Jagdgewehrschüsse, Silvester. Bei diesen Geräuschen wird der Hundebesitzer aufmerksam, allerdings schrillen meist noch keine Alarmglocken.

„Willkommen im Club!", beruhigen erfahrene Hundehalter die Neulinge. Beim ersten Donnerschlag verkriechen sich zahlreiche Hunde im sicheren Häuschen oder verschwinden unterm Sofa. Wir stellten uns darauf ein und vermieden ausgiebige Spaziergänge, wenn ein Gewitter nahte oder Jäger unterwegs waren. Eule hatte ihren großen, schwarzen Korb im Flur. Wenn sie Angst hatte vor bedrohlichen Geräuschen und Situationen, hatte sie ihren ganz persönlichen Schutzraum: Sie kauerte sich unter meinen Schreibtisch und legte ihren Kopf auf meine Füße. Da ich sonst nie so richtig die Nummer 1 bei Eule war, machte mich das stolz. Ich musste aber feststellen, dass die Höhle unter meinem Schreibtisch auf Eules Rangliste der sichersten Orte nur Platz 2 schaffte. War das Ereignis für Eule überaus bedrohlich, machte sie sich auf zu ihrem allersichersten Platz eine Etage höher. Dort kroch unsere Hündin dann unter den Schreibtisch meiner Tochter. Dieser Platz gab ihr wohl ganz viel Geborgenheit, vielleicht gerade durch die Leichtigkeit und Offenheit eines Kindes.

Dass ein Freiluftballon unserer Berner Sennenhündin Angst machen könnte, wollte ich nicht glauben. Als es das erste Mal geschah und Eule umdrehen wollte, um ins sichere Zuhause zurückzukehren, dachte ich, wir hätten ein anderes bedrohliches Geräusch überhört.

Silvester war die Krönung der unheimlichen Situationen, in denen Eule stetig ansteigende Angst zeigte. Wir versuchten, alle Ratschläge aus Hundezeitschriften und aktueller Tageszeitung im Dezember zu befolgen. Wir blieben natürlich mit Eule zu Hause und hatten die Rollladen heruntergelassen. Ein Gemisch aus TV-Geräuschberieslung und unseren Stimmen sollte Gelassenheit ins Wohnzimmer zaubern.

Im ersten Lebensjahr war Eule am 31. Dezember noch mit uns Gassi gegangen. Hier und da durch erste Probeböller erschrocken, aber tapfer, bis wir wieder zu Hause waren. Abends zog sie fürs Geschäft den Besuch unseres Gartens vor. Nach der Silvesterknallerei um Mitternacht ließ Eule sich zum Gassimachen nur noch in den Garten tragen und flitzte danach blitzschnell vor uns durch die Küchentür zurück ins Haus.

Im Folgejahr saß sie zwischen uns, und zwar unter dem Wohnzimmertisch. Zuerst in der Mitte, später auf unseren Füßen und dann unter meinem Schreibtisch. Aufrecht und angespannt. Gassibedürfnisse hielt sie auf. Der Gartenbesuch war durch den bedrohlichen Krach nicht mehr möglich.

Die Anspannung steigerte sich aber noch im nächsten Jahr. Eule saß vom ersten Böllern der Nachbarskinder am Silvestermorgen bis zum Nachböllern am Neujahrstag unter meinem Schreibtisch. Angespannt, bebend und zitternd wie Espenlaub. Futter, Leckerli und Streicheleinheiten versagten. Ihr Anblick war herzzerreißend.

„Da muss etwas passieren!", forderte mein Mann. Wir waren uns sofort einig, dass Eule diese Ängste nicht noch einmal durchleiden durfte.

Kurz vorm nächsten Silvestertag fanden wir Rescue Tropfen in der Apotheke und zeigten sie zur Sicherheit in der Tierarztpraxis vor. „Gute Idee, aber zu spät", war dort die Feststellung. Für den Silvesterabend gab man uns Tabletten, ohne Packungsanleitung, die wir Eule am Abend verabreichen sollten. Dann würde sie ruhig dösen und von all dem Stress nicht so viel mitbekommen.

Gesagt, getan: Ich war stolz, weil wir uns gekümmert hatten, um Eule Leid zu ersparen. Was dann in dieser Silvesternacht geschah, hat mich zutiefst geschockt.

Es war nicht so einfach, Eule die Medizin in Tablettenform zu verabreichen. Aus Angst vor den bedrohlichen Knallgeräuschen, die draußen schon lange vor Mitternacht zu hören waren, verweigerte Eule ihr Futter. Als die Medizin irgendwann drin war, warteten wir auf die prophezeite Entspannung: Ruhiggestellt und später apathisch, so würde ich meinen Eindruck beschreiben. Eule war wie gefangen in ihrem „betäubten" Körper. Ich spürte, dass der Schein trügte. Irgendwas war nicht in Ordnung. Wir vier saßen am runden Wohnzimmertisch und würfelten uns durch ein Gesellschaftsspiel. Eule stand unterm Tisch, dann gaben ihre Beine ein Stück weit nach. Die Augen verdreht, blickte sie uns an und gleichzeitig ins Leere. Was passierte da?

Die Augen blickten in unterschiedliche Richtungen, nach oben und nach unten. Die Kinder weinten, mein Mann kniete über Eule.

Ich versuchte erfolglos, meine Tränen vor den Kindern zu unterdrücken. Was tun? Welcher Tierarzt hatte Notdienst? Wie sollten wir mit Eule durch die irrsinnige Ballerei zur Klinik düsen? Ich musste aber irgendetwas tun. Schnell schnappte ich die Tüte mit den abgetrennten Tablettenabschnitten und rannte in mein Arbeitszimmer. Ich fuhr den PC hoch und recherchierte im Internet. Auf der Rückseite des Tablettenabschnittes war der Name des Medikamentes eingestanzt.

„Oh Gott, es ist ein Sedativum". Ich suchte nach weiteren Informationen und las Bruchstücke der Sätze vor: „aktivitätshemmenden Wirkung ... keine gezielte Angstlösung ... bei höheren Dosierungen Ausschaltung der bewussten Wahrnehmung... in der operativen Medizin als Prämedikation eingesetzt ... dabei bitte gute Überwachung des Patienten ... Gefahren: Bewusstseinsverlust, Reflexverlust, Atemdepression, Kreislaufinstabilität...

Und dann noch: Der Hund wird damit nur körperlich sediert und ist motorisch unfähig, sich gegen die Angst zu wehren, kriegt aber geistig alles mit" Kurzinfos, Erlebnisberichte. Ich sog alles auf, was ich als Laie finden konnte.

Ich war entsetzt und konnte die Tränen nur ganz mühsam vor den Kindern unterdrücken. Wut, Enttäuschung und innere Not krabbelten in mir hoch. Was hatten wir Eule angetan? Wir wollten doch nur helfen.

Dass mich später dieser Gedanke in einer absoluten Extremsituation bis heute verfolgen würde, hatte ich zu dem Zeitpunkt nicht geahnt. Angst, gepaart mit schlechtem Gewissen, obwohl wir es doch nur gut gemeint und uns auf Fachkräfte verlassen hatten. Noch einmal in meinem Leben würde ich zunächst stolz sein, mich um Eule gekümmert zu haben, um ihr Leid zu ersparen. Noch einmal würde ich im Nachhinein vielleicht mein Handeln bereuen. Bis heute.

Seit Eules Geburt haben wir Silvester stets zu Hause verbracht. Gehört ein Hund zur Familie, gebraucht er gerade in dieser Nacht seine geliebten Menschen um sich. Davon sind wir überzeugt. Da wir eh keine Partyknüller sind, vermissen wir nichts. Nirgendwo anders möchte ich an so einem Tag sein.

Eules Ängste fanden immer neuen Nährboden. Manchmal war es plötzlich der heftige Wind, mit dem sie früher ausgelassen an den dänischen Stränden um die Wette jagte. Oder andere, nicht unbekannte Geräusche ließen Eule jetzt angespannt, mit großen, ängstlichen Augen stehenbleiben. Auch Hunde, die sie früher schwanzwedelnd begrüßt hatte, machten ihr jetzt scheinbar Angst. Geduckt mit Schwanz zwischen den Beinen schlich Eule plötzlich zaghaft an ihnen vorbei.

Hinzu kam eine morgendliche Fressunlust, die sich immer häufiger zeigte. Der Napf blieb voll, Eule verschmähte jeden Bissen und fraß stattdessen Gras im Garten. Immer öfter erbrach sie dann Schleim. Oder aber auch Futter, wenn sie vorher doch davon genommen hatte. Medikamente für ihren sensiblen Magen hatten wir bereits seit langer Zeit im Haus. Da diese Probleme phasenweise und nicht durchgehend auftraten, machten wir uns gar nicht so viele Sorgen um dieses Leiden. Als ich aber das Gefühl hatte, dass Eule plötzlich mehr trank, schrillten bei mir die Alarmglocken.

„Wollen wir bei Eule mal wieder Blut abnehmen lassen?", schlug ich meinem Mann vor. „Nicht, dass es noch die Nieren sind", sprudelte es aus mir heraus.

Angesichts meiner hypochondrischen Veranlagung reagiert mein Mann auf derartige Äußerungen meinerseits immer mit dem Standardsatz: „Na, hast Du mal wieder im Internet geforscht?"

Diesmal sagte er das nicht. Stattdessen: „Ok, machen wir. Ich fahre morgen gleich mal mit Eule los. Vorsichtshalber. Kann ja nicht schaden."

Die Berner Sennenhündin meines Kollegen war mit nur vier Jahren an chronischer Niereninsuffizienz gestorben. Es war die Familie, durch deren Tipp wir Eule ja erst gefunden hatten. Eule war quasi die Nichte ihrer Hündin, wenn man so will. Wir waren, als wir vom Schicksal der Kollegenhündin erfahren hatten, so geschockt und mitfühlend, wie man nur sein kann, wenn man ebenfalls eine liebenswerte Berner Sennenhündin hat. Gleichzeitig war ich aber auch alarmiert, weil die verstorbene Hündin ja aus derselben Zucht kam wie unsere Eule. Man hatte es spät festgestellt.

Ein übermäßiger Durst war dort unter anderem aufgefallen. Die Hündin war in ihrem Wurf auch die Kleinste gewesen.

Es war Anfang Oktober. Eule war vier Jahre alt, als mein Mann beim Tierarzt anrief, um die Ergebnisse der Blutuntersuchung zu erfragen. Die Nierenwerte waren nicht in Ordnung. Die Schilddrüsenwerte auch nicht. Wir würden es medikamentös und außerdem mit Diätfutter behandeln müssen. Aber gut, dass wir es so frühzeitig erkannt hätten. Am nächsten Tag würden wir Medikamente und das passende Futter bekommen.

Nachdem mein Herz für eine Sekunde stillstand, war ich seltsam ruhig, denn wir hatten „es" ja „ganz früh" erkannt und somit in meiner Interpretation wunderbar im Griff. Weil wir hellhörig waren, konnten wir Eule sicher retten. Sogar ein wenig stolz war ich auf mich und auf unsere Aufmerksamkeit.

Am nächsten Tag traf ich eine folgenschwere Entscheidung: Ich googelte im Internet nach Nierenproblemen bei Hunden, um ja kein Hilfsmittel zu übersehen. Was ich an Infos zusammentrug, beunruhigte mich:

Der Berner Sennenhund zählt zu den sehr anfälligen Rassen ... seine Lebenserwartung liegt leider oft nur zwischen 6-8 Jahren ...Rassetypische Erbkrankheiten des Berners: a) Maligne Histiozytose...eine sehr aggressive, unheilbare Krebserkrankung, die in kürzester Zeit zum Tod führt ... b) erblich bedingte Nierenerkrankungen ... schon in untypisch jungen Jahren ...führt letztendlich zur
chronischen Niereninsuffizienz, die unheilbar ist

Ich schluckte angesichts der gefundenen Schockinfos.
Immer weiter grub ich mich in die Thematik ein. Immer erschrockener und deprimierter wurde ich. Chronische Niereninsuffizienz, wie sie hier bezeichnet wurde, war also wirklich unheilbar. Der Tod ließ sich nicht aufhalten, nur mit großer Disziplin hinauszögern. Ein typischer Kandidat mit sehr hoher Anfälligkeit für diese schwere Erkrankung war laut Text hier eindeutig der

Berner Sennenhund. Auch das Wort Überzüchtung fiel. Ich kannte den Begriff, hatte mich aber noch nie mit diesem Thema beschäftigt. Für mich war Überzüchtung sogar überhaupt noch nie ein Thema gewesen, Tierschutz generell eigentlich auch nicht. Eule gehörte zu uns und zeigte mir ganz nah, wie sich Tierliebe und Tierschutz anfühlt. Weiter war ich noch nicht. Ich aß Fleisch aus Massentierhaltung, überflog Tierschutzartikel, wenn überhaupt, eher oberflächlich ohne bleibenden Eindruck und hatte eine Jahreskarte für den Zoo. In Sachen Tierschutz und persönliche Tierleiderfahrung geschah der erste heftige Stich mitten in mein Herz genau hier in diesem Moment. Tierleid hautnah bei meinem Hund, unserem Baby und Familienmitglied. Ich rief meinen Mann an. Ich weiß nicht einmal mehr, was ich ihm sagte und wie er reagierte.

Die Infos haben mich überrollt wie ein Zug.

Wir legten los nach dem Motto: Aufgeben gilt nicht!

Ich verdrängte die Wahrheit so gut wie ich konnte. Der Alltag half dabei. Eule vertrug die Medikamente gut. Weil mein Mann ihr die Medizin gab, hatte ich ein gefühltes Stückchen mehr Abstand zur Krankheit. Die Kinder waren mittlerweile im 4. und 6. Schuljahr. Sie wussten, dass Eule Medikamente nehmen musste wegen der Nieren und der Schilddrüse. Mehr wussten sie nicht. Das war auch gut so. Weil ich auch täglich eine Schilddrüsentablette nehme, fanden die Kids das eher noch amüsant.

Das spezielle Diätfutter war das größere Problem. Am Anfang war es für Eule mal was Neues, aber sehr schnell war dann auch der Lack ab. Eule verweigerte immer öfter das Futter und wir wussten uns kaum zu helfen. Suchten und probierten Alternativen, die nicht besser funktionierten und ließen uns von dem Tierarzt immer wieder erklären, dass das Nierendiätfutter eine Notwendigkeit ist. Ich versuchte manchmal, Eule wie ein Baby zu füttern, spielte mit dem Löffel Verstecke und macht den Kasper. Ich glaube heute, Eule hat innerlich geschmunzelt. Sie schleckte mir zuliebe ein Löffelchen ab und dachte dabei:

„Ach Mama, so schmeckt es auch nicht besser. Wir wissen doch alle, was los ist. Oder?"

Man sah noch nicht, dass sie ein klein wenig abgenommen hatte, aber die Waage offenbarte die beiden Kilos. Trotzdem schöpften wir immer wieder Hoffnung. Im Großen und Ganzen ging es Eule gut. Sie hatte Phasen, da flitzte und jagte sie ausgelassen durch die Felder, als wäre sie der fitteste Hund im Universum.

„Mama, schau mal! Der ist ja cool!"
Mein Sohn zeigte mir im Internet ein Foto von einem schwarzen Mops. Er hatte da ganz feste Vorstellungen und Pläne:
„Eule braucht eine Hundefreundin, die immer da ist. Ich nenne sie Lakritze."

Lakritze – ich musste schmunzeln. Der Name war so klasse und kreativ, dass ich den schwarzen Lakritzewelpen gedanklich schon auf dem Schoß sitzen hatte.
Eule begrüßte auf der Straße trotz genannter Einschränkungen noch gerne ausgewählte Hunde und flitzte auch mit ihnen über das Feld. Manchmal kamen uns Menschen mit zwei Hunden entgegen und ich wurde neidisch. Hunde im Doppelpack leben viel artgerechter als Eule. Sie können zu Hause kuscheln, toben und auch mal zusammen in einem Körbchen schlafen. Sind wir unterwegs, wäre Eule nicht allein zu Hause. Ich musste schmunzeln. Ein großer Berner Sennenhund und ein kleiner schwarzer Mops. Ein Bild für die Götter.

2 Lakritze

Es wird eine Zeit kommen, da das Verbrechen am Tier genauso geahndet wird wie das Verbrechen am Menschen.

[Leonardo da Vinci]

Am 3. März feierten wir Eules fünften Geburtstag. Wir ließen uns nichts anmerken und machten Späße vor den Kindern. Die Bescherung mit Kuscheltier und anderem Spielzeug fiel besonders üppig aus, was den Kids viel Spaß machte. Anschließend spazierten wir alle zusammen durch die Felder. Eule liebte es, wenn die komplette Familie beisammen war. Sie lief und schnüffelte sich durch den Wald und flitzte über den Acker, als wäre sie der gesündeste Hund auf der Welt. Wir freuten uns über ihre Lebenslust und ignorierten die Blutwerte.

Ob sie damals wusste, dass sie diesen fünften Geburtstag ganz besonders intensiv genießen sollte?

In ein paar Tagen würde Eule vierbeinigen „Zuwachs" bekommen. Am 2. Januar war Lakritze geboren worden. Das kleine schwarze Mopsmädchen wohnte derzeit noch 170 km entfernt im Bergischen Land.

„Der Mops muss aus einer guten Zucht stammen.", hörten wir aus Fachkreisen. Offiziell geprüft und getestet, damit er gut Luft kriegt. Um das Problem der Atemnot beim Mops zu umgehen, suchte ich im Internet nach renommierten Verbandszüchtern. Die hatten ja nun strenge Auflagen, damit es Hund gutgeht. Hätte mir zu dem Zeitpunkt jemand prophezeit, was auf uns zukommt, hätte ich ihn für verrückt erklärt und nach dem Verstand gefragt.

Kurz vor Lakritzes Geburt hatte ich Kontakt zur Züchterin aufgenommen. Da Welpen im Anmarsch waren, lauerten wir eifrig auf der Internetseite, bis ein Gewusel kleiner schwarzer Mopskugeln in einer Welpen Kiste auf meinem Bildschirm zu sehen war.

Als die Welpen 5 Wochen alt waren, besuchten wir die Züchterin, um Lakritze im Wurf zu entdecken und auszuwählen.

Als wir durch die Haustür eintraten, stockte uns der Atem. Ein überaus starker Uringeruch begrüßte uns. Außerdem gefühlte 20 beigefarbene und schwarze Möpse, die kläffend von der Küche zur Haustür rannten. Die Züchterin, eine ältere Dame, begrüßte uns und führte uns zur Welpenkiste im Nebenraum. Der Uringeruch wurde immer stärker. Frischluft war nicht zu spüren. Alle Fenster waren dicht.

Das schwarze Welpengewusel in der Kiste war der Lichtblick.

Niedliche kleine Würmchen kuschelten sich aneinander, krochen, krabbelten durcheinander, übereinander und waren alle schwarz wie die Nacht.

Die Entscheidung fiel schwer. Fünf an der Zahl. Die Züchterin hielt sie uns einzeln hin. Berühren oder gar auf den Arm nehmen war tabu, damit die Welpen sich nichts einfangen. Das enttäuschte mich sehr. Nur unser Sohn durfte seinen Favoriten kurz streicheln. Das war dann unser Mädchen Lakritze. Vom herrschaftlichen Namen, den ich hier nicht nenne, auch wenn ich es gerne täte, würde sich Lakritze verabschieden.

Nachdem wir eine üppige Anzahlung getätigt hatten, war Lakritze für uns reserviert. Im Alter von 10 Wochen durften wir sie abholen. So schrieb es der Verband vor. Ich sprach das Thema Atmung an und bekam schnell die Antwort, dass die Hunde einen vorgeschriebenen Belastungstest machen würden. Ich war beruhigt. Lakritzes Mama kam herein. Sie hatte beigefarbenes Fell, war geduldig, sah aber müde und erschöpft aus.

„Wir haben feste Vorschriften beim VDH. Die Hündinnen dürfen nur 1x pro Jahr Welpen bekommen.", erklärte uns die Züchterin. Ich war sicher, dass dieser Termin niemals ausgelassen würde. Da die Mama hell war, dürfte der Vater pechschwarzes Fell haben, so dachte ich.

Mittlerweile war die Tochter der Senioren vom Haus gegenüber gekommen. Auf dem Arm ein dicker, auch heller Mops, der von der älteren Dame immer wieder Leckerli reingesteckt bekam, obwohl er nicht motiviert, dafür aber übersatt schien und das Futter widerwillig annahm.

„Wo ist Lakritzes Papa?", fragte ich in unfachmännischer Züchtersprache.

„Das ist ein, großer, stattlicher Rüde.", schwärmt die Tochter. „Er wohnt bei mir. Ich hole ihn. Sie werden staunen." Die Tochter verschwand und wir stiegen über die gefühlten 20 Möpse hinaus in einen kargen, steinernen, winzigen Hinterhof. Ich befürchte bis heute, dass das der einzige Gassi-Auslauf der Hunde ist.

Wir kletterten mit der Züchterin durch das Mopsrudel bis zum Innenhof. Ein kleiner, grasloser Auslauf. An der Türschwelle warteten wir auf Lakritzes Papa. Ein Koloss von einem Mops kam keuchend auf uns zu. Tiefschwarz und sehr kräftig. War er von so bulliger Statue oder so überfressen? Das Schlimmste waren die Atemgeräusche. Asthmatisch-heiser. Sofort erinnerte ich mich an die früheren Asthmaanfälle meiner Tochter. Nächte mit ihr und dem Inhaliergerät auf dem Schoß. Sogar das Bellen des Hundes klang heiser und hatte eine kruppartige Anmutung. Mir lief eine Gänsehaut über den Rücken. Ich war geschockt, distanziert und hatte nicht das Bedürfnis, diesen Koloss zu streicheln. Später las ich im Internet, dass Lakritzes Papa eine preisgekrönte Schönheit war.

Noch einmal fragte ich nach der Atmung und wurde wieder auf den Belastungstest verwiesen. Mehr wollte ich nicht wissen.

Überfressen lautete meine innere Diagnose, die mir glaubhaft machte, dass alles nur eine Frage der Handhabung ist.

Wir gingen noch einmal rein zur Welpen Kiste und bewunderten Lakritze. Alle hatten wir uns in die Kleine verguckt. Das Draußen-Erlebnis mit Lakritzes Papa ignorierten wir entschlossen. Den starken Uringeruch und den fehlenden Sauerstoff durch extremen Frischluftmangel standen wir irgendwie durch.

Draußen vor der Tür atmeten wir durch und sahen uns an. Ich brachte auf den Punkt, was wir alle dachten: „Es war furchtbar, aber wir müssen die kleine Lakritze da rausretten!"

Wir holten die brave Eule aus dem Auto und genossen mit ihr einen Spaziergang an der kalten, frischen Winterluft. Lakritze, warte auf uns! Bald darfst Du richtig leben!

Etwa 4 Wochen blieben uns, um alles herzurichten und uns auf das Leben mit zwei Hunden praktisch und mental vorzubereiten. Fress- und Trinknapf in kleinerer Ausgabe zogen ein, dazu ein zweiter Hundesitzsack fürs Wohnzimmer.

Eine Hundematratze für den Nebenraum, falls ein Hund gerne eine tierische Auszeit hätte. In unserer Vorstellung allerdings lagen Eule und Lakritze darauf schon vereint nebeneinander kuschelnd.

Ob wir uns mit der Entscheidung für einen zweiten Hund auf den Verlust Eules vorbereiten wollten? Ob wir damit verhindern wollten, dass wir in ein zu tiefes Loch fallen würden? Ob wir dachten, dass wir den zu erwartenden Schmerz des Verlustes durch den zweiten Hund mindern könnten? Die Fragen kann ich aus der damaligen Perspektive nicht beantworten. Ich glaube aber, wir wollten in erster Linie einen Hundekumpel für Eule, damit sie noch in den Genuß kommen konnte, möglichst viel artgerechten Umgang zu haben. Wie sich der Schmerz beim Verlust des Hundes anfühlt, konnte und wollte ich mir zu diesem Zeitpunkt noch nicht vorstellen. Ein Familienmitglied, das mit im Haus lebt, mit in den Urlaub fährt, und für das wir verantwortlich waren. Ich verdrängte die Wahrheit, so gut ich konnte. Wollte sie, im wahrsten Sinne des Wortes, eigentlich auch erst gar nicht wahrhaben.

Wir hatten alles doch ganz gut im Griff.

Dann war es soweit: Meine Tochter und ich kümmerten uns zu Hause um Eule. Mein Mann und mein Sohn fuhren die weite Strecke über die Autobahn, um Lakritze ins neue Zuhause zu holen. Wir schrieben Mitte März. Der Frühling stand quasi vor der Tür. Wir Frauen spielten gerade mit Eule und ihrem noch quasi ganz frischen Geburtstagsspielzeug zum Fünften. Da hörten wir unser Auto ankommen und auf den Hof fahren. Eule hörte es natürlich zuerst. Sie raste in die Küche und vollführte ihr übliches Freudengeheul, wenn mein Mann nach Hause kommt.

Wir wollten sie langsam am die neue Situation heranführen. Und den Winzling Lakritze natürlich erst recht bei all den fremden Eindrücken.

Mein Sohn stand mit seinen 9 Jahren auf dem Hof und wirkte wie ein Gigant neben diesem winzigen, kleinen Möpschen, dass die ersten Schritte bei uns wagte. Ich hatte noch nie so einen kleinen Hund gesehen. Lakritze war so winzig, knuffig und süß. Wir klebten an der Fensterscheibe. Dann warteten wir mit Eule im Flur. Die Haustür öffnete sich und die Männer kamen mit dem Winzling hereinspaziert. Lakritze ganz langsam voran. Eule blieb mitten im Flur stehen. Überrascht. Ich glaube, das Wort trifft es am besten. Beim Menschen hätte ich es so formuliert: Verblüfft, irgendwo zwischen fassungslos und amüsiert. Nach dem Motto: „Was ist denn das? Will das etwa zu mir und hierbleiben?"

Lakritze tapste auf Eule zu und Eule flüchtete auf die unterste Treppenstufe. Mutig versuchte Lakritze, an Eule hochzuklettern. Was dieses kleine, plötzlich mutig und forsche Möpschen wohl dachte und fühlte in diesem Augenblick? Wir würden sagen: „Weich, kuschelig und sicher. Willst Du meine Mama sein?"

Ich ging ins Wohnzimmer und setzte mich auf den Teppichboden. Lakritze stapfte mutig in den Raum und tapste zu mir rüber.

Ich hörte ihren Atem. Ich hörte sie tatsächlich atmen. Leicht heiser. Für einen Moment setzte mein Herzschlag aus. Lakritze schmiegte sich an und pinkelte auf den Teppich. Wir gingen mit ihr in den Garten. Das Thema Atmung vertagte ich und genoss den Moment mit dem süßen Fratz. Für Lakritze war alles neu. Das Gras, auf dem sie stand, machte ihr nach wie vor Angst. Außer der Welpenkiste hatte sie wohl fast nichts kennengelernt. Darin durfte die Welpen sich dann wohl auch nach Lust und Laune entleeren. Leider hatten meine Männer sie an diesem Tag sogar noch beim Abholen, also mit 10 Wochen, in der Welpenkiste vorgefunden.

Mein Sohn hatte Lakritze im Auto auf den Schoß gesetzt bekommen, was beide sichtlich genossen, Lakritze war ganz schnell ganz ruhig eingeschlafen. Als sie im Begriff war, aufzuwachen, hielten meine Männer schnell auf einem Rastplatz und setzten den kleinen Minimops ganz vorsichtig ins Gras. Lakritze jammerte und mochte sich nicht bewegen. Ganz so, als hätte sie noch nie Gras erlebt. Auf dem Asphalt entleerte sie sich dann ausgiebig. Nach kurzer Weiterreise war das Möpschen auf dem Schoß wieder eingeschlafen. Dort fühlt Lakritze sich anscheinend geborgen und sicher.

So geborgen und sicher schien sie sich auch direkt bei uns zu fühlen. Und vor allem bei Eule. Wie ein kleines Entenküken lief sie hinter unserer Berner Sennenhündin her. Ganz so, als wäre Eule ihre Mama. Ob Eule das auch so sah? Wir bezweifelten das und waren uns sicher, dass Eule noch etwas überrumpelt unter Schock stand. Es dauerte nicht lange, da flüchtete Eule in den Nebenraum auf ihre geliebte Auszeit-Matratze.

Lakritze entleerte sich draußen „groß", nachdem sie auf den roten Wohnzimmerteppich gepinkelt hatte. Sie fühlte sich auch bei uns Menschen pudelwohl und suchte unsere Nähe. Auf meinem Schoß schlief sie ein.

Das Abendessen stand an. Wir holten eine Dose Welpenfutter heraus, das uns die Züchterin mit weiteren, schriftlichen Anweisungen mitgegeben hatten. Eules gefüllter Napf stand daneben. Wir stellten beide Näpfe in der Küche am Durchgang zu Eules Nebenraum auf.

Lakritze begutachtete den neuen Napf, hatte aber keine Hemmungen und schmatzte mit Genuss das Futter und schleckte den Napf ausdauernd ab. Eule schaute zwar interessiert, blieb aber auf ihrer Matratze liegen. Unser Rufen und Locken war erfolglos. Meine Tochter nahm Lakrtize auf den Arm und ging mit ihr zur Entleerung in den Garten. Direkt nach dem Füttern, so hatten wir es im Ratgeber gelesen und schon in Eules Hundeschule gelernt. Erst als Tochter und Hündchen im Garten waren, erhob Eule sich von der Matratze und schlenderte gelassen zu ihrem Futternapf, um den Inhalt in aller Ruhe zu verzehren.

„Privatspäre muss sein!" Das kam mir als erstes in den Sinn.

Lakritzes erste Nacht im neuen Heim stand an. Die Kinder und ich beschlossen, alle unten im Wohnzimmer zu schlafen. Ein kleines Nachtlämpchen war schon aufgestellt, und die Türen blieben offen, damit Eule einen möglichen Rückzugsort haben konnte. Den nahm sie auch schon frühzeitig in Anspruch, in dem sie in den Nebenraum zur geliebten Matratze trottete.

Durch ein Baby-Treppengitter im Flur sollte Lakritze von vorneherein lernen, dass das obere Geschoss tabu war. Schnell reservierten sich die Kids beide Sofas im Wohnzimmer, schleppten ihr Bettzeug runter und richteten die Schlafplätze gemütlich für die

Nacht her. Meine Klappmatratze auf dem Boden war auch schon besetzt. Genüsslich streckte Lakritze sich, auf dem Rücken liegend, lang aus. So lag sie mitten auf meinem Nachtlager in spe und war, gesättigt und draußen entleert, im nächsten Moment auch schon eingeschlafen. Die Kinder taten es Lakritze nach. Ich schob mir zwei Sessel voreinander und legte mich mit einer Wolldecke in die unbequeme Kuhle. Alles schlief und ich hörte Lakritze atmen, d.h. leicht schnarchen. Ich horchte dem beunruhigenden Geräusch und dachte an Lakritzes Papa. Soweit würde es nicht kommen. Nicht nur mein Grübeln, sondern auch die unbequeme Lage, in der ich mich zwischen den Sesseln befand, raubten mir den Schlaf. Mein kläglicher Versuch, mich kurz mit auf Eules Matratze zu kuscheln, endete abrupt mit einem klaren, abweisenden Wuff ihrerseits. Mein rechtes Bein war immer noch eingeschlafen. Die Kinder machten sich auf den kleinen Sofas so breit, dass ich mich nicht unbemerkt dazuquetschen konnte. Lakritze schnarchte und schlief fest. Ganz leise legte ich mich neben sie und die Decke über uns beide. Sie schlief weiter und ich im nächsten Moment auch. Kurz vorm Einschlafen nahm ich mir vor, einen Termin zum Check-Up in Sachen Atmung in der Tierklinik zu machen. Das hatte mir meine Friseurin, die auch einen Mops besaß, empfohlen.

Müde schlief ich neben Lakritze ein. Als ich aufwachte, blickten Lakritze und ich uns direkt an. Ganz ruhig saß Lakritze vor mir und schaute mich mit ihren großen Glubschaugen an. Wie niedlich sie war. Wie menschbezogen und offen sie mich fixierte. Ich trug sie vorsichtig aus dem Zimmer und ging mit ihr in den Garten. Das kleine und große Geschäft ließen nicht lange auf sich warten.

Eule blieb lieber auf ihrer Auszeitmatratze. Lakritze kuschelte sich dann auf der Matratze bei mir an und war im nächsten Moment wieder eingeschlafen. Ich war verzückt und musste sie noch einige Zeit verliebt beobachten.

„Mama, mein Ohr tut weh!" Mit diesen Worten holte meine Tochter mich schlagartig aus dem Schlaf. Vor 1 ½ Jahren hatte sie sich die Influenza-Grippe eingefangen, wobei sie urplötzlich heftige Ohrenschmerzen bekam und ihr rechtes Trommelfell riss. Während mein Mann und mein Sohn sich am nächsten Morgen um die Hunde kümmerten, saß ich mit meiner Tochter beim Wochenend-Kindernotfalldienst. Ein kleines Löchlein war durch den Druck des Entzündungdsekret wieder entstanden. Wir bekamen Medikamente und den Auftrag einen Termin beim HNO zu machen.

Meine Tochter bekam dann dort ein Schwimmattest und ein Antibiotikum. Ohren waren und sind ein Reizthema für mich. Mit beiden Kindern haben wir Polypen- und Paukenröhrchen-Operationen hinter uns. Zeitweise haben die Kinder auch ganz schön heftig geschnarcht. Schon wieder dieser Gedanke an Lakritze.

Einen Tag später machte ich dann auch direkt einen Termin für Lakritze in der Tierklinik.

Keine Woche später standen mein Sohn und ich mit Lakritze vor einer überaus netten Ärztin im Untersuchungszimmer. Allein der Name „Lakritze" hatte bei unserer Ankunft in der Praxis für Begeisterung beim Team und Stolz bei meinem Sohn gesorgt.

„Der Mops ist ein so lieber, offener und herzlicher Hund. Man kann diese Rasse einfach nur gerne haben.", schwärmte die Ärztin. Sie lobte uns, weil wir so frühzeitig vorsorglich zur Untersuchung gekommen waren. Ähnliches hatte ich ja bei Eule schon mal gehört. Aber hier war es natürlich etwas ganz anderes. Lakritze war ein Welpe von gerade mal 12 Wochen und hatte das ganze Leben noch vor sich.

Ich erklärte der Ärztin ein wenig stolz unseren so frühzeitigen, vorbildlichen Besuch. Von Vorsorgeuntersuchung bis hin zum spärlichen Wissen über mögliche Atemprobleme bei der Rasse Mops kratzte ich alles zusammen.

Die Ärztin stimmte mir zu und zeigte uns einige Auffälligkeiten bei Lakritze, die darauf hindeuten würden, dass sie ein Kandidat für die rassebedingten Atemprobleme sei: Die sehr stark verkürzte Nase , die sie uns im Seitenprofil noch deutlicher demonstrierte und der kurze, flache Schädel. Durch die Züchtung dieser Merkmale entsprechen die Möpse dem gewollten

Schönheitsideal, können aber mehr und mehr Atemprobleme bekommen.

Wir vereinbarten mit der netten Ärztin, dass wir mit 10 Monaten wiederkommen würden.

„Sollte es vorher Probleme geben, kommen Sie bitte früher!", so der abschließende Rat. Dann bekamen wir noch eine Salbe für die sehr ausgeprägte Nasenfalte. Diese sollten wir nach regelmäßiger Säuberung der Stelle auftragen, um Reizungen und Ekzemen vorzubeugen.

Als wir wieder im Auto saßen, fühlte ich mich nicht deprimiert. Mein Sohn und ich freuten uns über die vielen Komplimente und Streicheleinheiten, die Lakritze in der Klinik bekommen hatte. In der Tasche hatten wir Infomaterial zu einer guten Versicherung, die die Kosten für eine Eventuell-OP komplett übernehmen würde.

Zu Hause tapste Lakritze direkt zu Eule, die sich tatsächlich ein wenig zu freuen schien. Gemeinsam ging es in den Garten. Lakritze genoss die Frühlingssonne, räkelte sich mitten im Beet. Eule beschnupperte sie vorsichtig.

Manchmal aber knurrte Eule Lakritze weg, wenn die Kleine wieder ihre Verfolgungstour aufgenommen hatte, um Eule hinterherzulaufen. Wie ein kleines Küken, das ausdauernd ihrer Mama hinterherwatschelte.

Lakritze tat uns dann manchmal leid, aber das regeln Tiere wohl unter sich. Lakritze schien uns so klein und hilfsbedürftig. Sie tat uns in einem solchen Moment leid. Dass Eule da von uns ungefragt in diese Situation gebracht wurde und ihren Alleinstatus als Familienmitglied Hund teilen musste, hatten wir dabei wohl nicht bedacht. Wie oft wir sicher dem Welpenschema dieses kleinen Mopswürmchens erlegen waren und Eule weniger Beachtung schenkten, möchte ich lieber verdrängen.

Der Moment der Hundezusammenführung kam sehr schnell von selbst. Als wir ein paar Tage später das Sonntagsfrühstück vorbereiteten, fingen Eule und Lakritze auf dem

Wohnzimmerteppich an, sich zu beschnuppern. Daraus wurde sehr schnell ein intensives Spielen und Kuscheln. Ganz liebevoll gingen die zwei miteinander um. Mein Mann und ich standen mucksmäuschenstill im Türrahmen und wagten kaum zu atmen, um die beiden nicht zu stören. Endlich richtig angenommen. Wir lächelten und waren beide gerührt.

Die gemeinsamen Gassigänge, vor allem sonntags mit der kompletten Familie, verliefen jetzt sehr harmonisch. Lakritze tappste fleißig mit durch die Felder und beeilte sich manchmal, um von hinten durch Eules Beine hindurch nach vorne zu laufen. Mit einem kleinen Hüpfer schleckte sie aus dieser Position Eules Schnauze. Eule ließ es über sich ergehen. Sie zeigte die Ruhe einer Berner Sennenhündin. Lakritze zeigt uns dadurch, wer ihre Mama sein sollte.

Diese Geste sah putzig aus und rührte uns. Die beiden nebeneinander waren wie Pat & Patachon. Stundenlang hätten wir die beiden schmunzelnd beobachten können. Wir hatten das gefühlt, dass nun auch Lakritze der Eule richtig gut tat. Eule schien manchmal etwas verspielter und wieder weniger ängstlich, dafür ausgelassener und glücklich über den Acker flitzend. Ob das Miteinander so intensiv war oder ich diese Gedanken gern intensiver dachte? Ein Keim der Hoffnung schwappte in mir auf. Wenn Eule dann akzeptierte, dass Lakritze auf der Rückfahrt nach den Gassiausflügen auf ihrem Rücken liegen durfte, waren wir alle gerührt und glücklich und hatten das Gefühl, etwas richtig gemacht zu haben.

3 Katastrophe

Viele, die ihr ganzes Leben auf die Liebe verwendeten, können uns weniger über sie sagen als ein Kind, das gestern seinen Hund verloren hat.
[Thornton Wilder]

Allmählich wurde es wärmer. Der Frühling zeigt sich von seiner besten Seite.

Eule brauchte eine höhere Medikamentendosis. Die Blutwerte hatten sich weiter verschlechtert.

„Mama, Eule ist dünner geworden!"

Die Worte meiner Tochter waren wie ein dumpfer Schlag in die Magengrube. Sie hatte es gesehen. Eules Leid war sichtbar, offensichtlich nicht mehr zu übersehen. Die Sicht eines Kindes ist ehrlich. Ich wollte es doch hinauszögern. Am liebsten verdrängen.

Ich wurde nicht nur traurig, sondern auch wütend auf die Ärzte, die das Schicksal nicht abwenden konnten.

Ich suchte nach Schuldigen. Meine Grübelei fraß mich fast auf. Ich las viel, befragte den Tierarzt und wir fühlten uns schon recht fachkundig.

Die Theorie stand: Bei unzureichender Nierenleistung benötigt der Hund einen verminderten Protein- und Phosphorgehalt, um die Nieren nicht übermäßig zu beanspruchen. Phasenweise klappte es mit dem Futter dann doch besser und wir waren erleichtert. Doch auch wenn Eule dann gut fraß, nahm sie etwas ab. Die Werte wurden nicht besser, sondern verschlechterten sich in Schüben und die Medikamentendosis musste heraufgesetzt werden.

„Sie verhungert trotz des Futters."

Ich war verzweifelt. Eule stand traurig vor ihrem Futter, das ihr nicht schmeckte. Sie schaute mich an und leckte mir eine Träne aus dem Gesicht.

Ich fühlte mich so machtlos.

Abends gab es Kartoffeln. Eule vergötterte Kartoffeln, Sie lag auf dem Teppich vor dem Tisch und schaute uns mit großen Augen an. Ihr Futter im Napf hatte sie immer noch nicht angerührt. Nur gut getrunken hatte sie. Wir fütterten die Hunde bereits in getrennten Räumen. Lakritze fraß gierig und mit Appetit ihre Normalkost und schleckte den Napf danach lange mit Leidenschaft aus. Eule hätte ihr Futter sicher auch gerne genommen. Da Lakritze zudem fast alles fressen würde, was sie finden konnte, stellten wir Eules Napf hoch und boten ihr das Futter immer wieder zwischendurch an.

Oft ohne Erfolg.

„Sie verhungert so oder so", raunte ich meinem Mann zu. „Er holte zwei Näpfe und zerkleinerte für jeden Hund zwei kleine Kartoffeln, Eule vollführte schon einen Freudentanz, als das Futter noch nicht vor ihr auf dem Boden stand. Wir alle freuten uns, weil Eule juchzte. Mein Mann lachte auch, aber die Anspannung in seinem Gesicht konnte er nicht verbergen. Wir konnten beide kaum ertragen, uns so machtlos zu fühlen.

Lakritze tobte mit. Das hörbare Atmen wurde von Schnarchgeräuschen unterbrochen, die dem ganzen Desaster hier noch das i-Tüpfelchen aufsetzten.

In dieser Nacht schlief ich schlecht. Ich schlich in mein Arbeitszimmer und schloss die Tür. Im Internet schaute ich mir alles an, was ich zur Niereninsuffizienz und allgemein Nierenproblemen beim Hund finden konnte.

Mir kamen nicht die Tränen, denn ich versuchte möglichst sachlich, einen Rettungsanker zu finden. Wenigstens aber einen Hoffnungsschimmer. Vom schlimmen Leidensweg bei chronischer Niereninsuffizienz bis hin zu scheinbar harmlosen Nierensteinen, die im Artikel per Ultraschall entdeckt wurden, sog ich alles Wissen auf, was ich kriegen konnte.

Ein Ultraschall der Nieren war bei Eule ja nie gemacht worden. Vielleicht würde er neue Erkenntnisse bringen, die Eule helfen könnten. Auf jeden Fall hatten wir nie eine zweite Meinung einholen lassen. Das würde ich unbedingt nachholen wollen. Wir hatten einen guten Tierarzt, aber ich kam nicht damit klar, dass Eule zwar Nierendiätfutter bekam, aber scheinbar an diesem Futter verhungerte.

Ich ging ins Bett und schlief mit meiner Minimalperspektive tatsächlich ein. Die Hoffnung stirbt zuletzt.

Am nächsten Morgen sagte ich meinem Mann, dass ich mir eine zweite Meinung samt Ultraschall einholen wollte. Er war einverstanden und ich rief die Tierklinik an. Ein paar Tage später saß ich vormittags mit Eule in meinem kleinen Auto Richtung Klinik.

Sie wirkte entspannt. Ich machte das Radio an und sabbelte Eule platt, um meine Nervosität zu überspielen. Eule gähnte und dachte sicher: Typisch Mama.

Als wir auf dem Parkplatz hielten, den ich ja schon vom Besuch mit Lakritze kannte, wurde Eule aufmerksam. Wir waren früh und ich ging mit ihr in entgegengesetzter Richtung einen Sandweg entlang, damit sie sich entleeren konnte und Ablenkung bekam. Über einen Nebenweg mit Büschen und Bäumen standen wir plötzlich vor der Kliniktür. Als ich Eule überreden konnte, miteinzutreten, zitterte sie schon wie Espenlaub. Da die Nutzung der Tierwaage neben dem Wartebereich für Eule indiskutabel war, meldete ich mich nur kurz an der Rezeption und setzte mich vorsichtig auf einen der Stühle. Eule versuchte direkt, uns nach Hause zu ziehen, was ihr aber nicht gelang. Ich war Anspannung pur, aber Eule nicht weniger. Aufgerichtet und zitternd saß sie vor mir auf dem Boden. Ich streichelte sie und spürte, wie schmal für einen Berner Sennenhund sie schon geworden war. Eine ältere Dame im Wartebereich hatte einen sehr alten Rauhaardackel auf dem Schoß, der sehr teilnahmslos und erschöpft wirkte. Die Dame nickte mir zu und es brauchte keine weiteren Worte, um zu klären, dass unsere Hunde im selben Boot saßen. Dann wurden die beiden aufgerufen und die Seniorin trug ihren sehr alten Hund auf dem Arm ins Sprechzimmer.

„Meine Eule ist erst fünf!", hätte ich fast hinterher gerufen. Was hätte es geändert?

Vorbeilaufende Ärzte und Sprechstundenhilfen grüßten freundlich und ich fühlte mich gar nicht mal so schlecht. Die Atmosphäre wirkte erfrischend und etwas beruhigend zugleich. Weil man uns kürzlich mit Lakritze gut empfangen, beraten und somit geholfen hatte, fühlte ich mich bestens aufgehoben. Eine zweite Meinung einzuholen, das war sicher eine gute Idee. Hier hatte ich Vertrauen. Schade, dass dieses positive Gefühl nicht auf Eules Stimmung überschwappte. Eule zitterte mehr und mehr und versuchte wieder, mich mit Ziehen in Richtung Ausgang zum Gehen zu überreden. Ich nahm all meine Kraft zusammen, blieb tapfer sitzen und war froh, als die Ärztin kam und wir Eule gemeinsam ins Untersuchungszimmer brachten. Meine Arme zitterten etwas vom Halten im Wartebereich, aber ansonsten war ich für meine Verhältnisse sogar recht cool. Ich erklärte den Grund unseres Besuches. Die Ärztin hatte sich von unserem heimischen Tierarzt die aktuellen Blutwerte senden lassen. Demnach gab es für sie keinen Zweifel an der Diagnose „Chronische Niereninsuffizienz". Wenn ich trotzdem auf eine Ultraschalluntersuchung der Nieren bestehen würde und die Kosten auf mich nehmen wollte, würde sie das selbstverständlich machen.

Nur mit Mühe ließ Eule sich auf dem Tisch in die richtige Lage positionieren. Das Fell an der Untersuchungsstelle wurde rasiert und ich hielt Eule bei der Untersuchung auf dem Tisch mit fest. Ich sah, dass Eule alles andere als glücklich war und bekam ein schlechtes Gewissen. Schließlich hatte ich sie in diese Lage gebracht. Dabei wollte ich ihr und uns doch nur helfen.

Ich war sehr angespannt und hoffte auf ein Wunder.

Meine Nierensteintheorie löste sich in Luft auf. Anhand der Blutwerte wurde schon deutlich, dass ein großer Teil der Nieren nicht mehr arbeitete. Sie lobte das schöne Fell, dass bei so fortgeschrittenem Stadium eigentlich sehr nachlassen würde. Ich freute mich darüber, auch wenn ich das Gefühl hatte, dass die Ärztin angesichts der medizinischen Katastrophe froh war, etwas Nettes sagen zu können.

Sicher war ich nicht, denn ansonsten war die Ärztin sehr direkt. Mit sehr resolutem Ton erklärte sie mir, dass wir auf keinen Fall ernährungstechnisch eine Ausnahme machen dürften. Absolute Konsequenz, auch wenn Eule das Futter verweigert. Ich wies daraufhin, dass die Werte momentan konstant seien und bekam eine verbale Tragödie vor die Füße gesetzt.

„Schauen Sie auf die Werte. Diese Werte sind sehr, sehr schlecht."

Ich schluckte und dieser Satz riss mir plötzlich den Boden unter den Füßen weg. Ich wünschte, unser Tierarzt hätte immer so klare Worte gefunden wie die Ärztin, die nun vor mir stand und Klartext sprach:

„Nach einer aktuellen Studie durchläuft das Tier bei der Chronischen Niereninsuffizienz vier Phasen. Eule befindet sich am Anfang der Phase 3."

Um mir selbst Mut zu machen, kommentierte ich: „Ok, das ist ja immerhin noch ein befriedigend +, oder?"

„Phase 4 ist der Tod", entgegnete die Ärztin direkt.

Mit diesem vernichtenden Schlag verlor ich meine mühsam aufrechterhaltene Fassung. Mein Gerüst an Hoffnung, auf dem ich bisher noch wacker saß, brach zusammen wie ein Kartenhaus. Eule würde wirklich sterben. Schon bald sterben. Sehr bald. Mein Funke Hoffnung, mit dem Eule und ich tapfer im Auto bis hierher gefahren waren, erlosch.

Die Ärztin gab mir ein Taschentuch. Warum hatte mir vorher nie jemand ins Gesicht gesagt, wie weit wir schon waren? Dann würde ich jetzt hier nicht so verloren sitzen.

Eule, ich wollte Dir doch helfen.

Jetzt fühlte ich mich plötzlich ganz klein und machtlos. Die Ärztin beschloss, mich einen Moment allein zu lassen. Ich streichelte Eule. Sie schaute mich an und ihr Blick sagte mir: „Mama, ich will hier weg."

„Komm Eule, wir fahren nach Hause, ok?"

Die Ärztin kam wieder herein und gab mir ein weiteres Taschentuch. Wir waren bereits gerüstet. Eule wieder an der Leine und ich in der Jacke. Der Vorsatz, gefasst und stark zu wirken, war nicht viel mehr als ein kläglicher Versuch. Die Ärztin verschrieb mir noch ein zusätzliches Medikament, um die schlechten Phosphorwerte in Schach zu halten.

Abschließend stellte ich noch tapfer meine zweifelnden Gedanken in den Raum: „Wenn man in dieser aussichtslosen Situation sitzt: Was zählt dann mehr? Lebensquantität oder Lebensqualität? Konsequente Abstinenz, die trotzdem bald zum Tod führt? Oder in Ausnahmefällen ein Äuglein zudrücken. Ein ganz kleines

Kartöffelchen, das nicht gut ist für Eule, sie aber maßlos freut. Sterben wird sie in Kürze sowieso. Wonach wir streben sollten, sind kleine und große Momente des Glücks für Eule, an die wir uns gerne erinnern.

„Vielleicht", sagte die Ärztin. Ich spürte, dass sie sanfter gestimmt war und genau wusste, wie ich das Gesagte meinte.

Ich verabschiedete mich.

Ein „Gute Besserung!" war überflüssig zu sagen.

Medizinische Fachfrau und leidende Hundebesitzerin hatten sich ausgetauscht und sind sich dabei in einer kleinen Schnittmenge begegnet.

Ich brachte Eule zunächst ins Auto und ging dann zurück zur Rezeption, um zu zahlen. Das Gesicht rot gefleckt vom Heulen und angestrengt, diese Aufgabe unter den mitleidig blickenden Augen hinter dem Schreibtisch und im Wartebereich mit Bravour zu meistern. Wieder im Auto angekommen, atmete ich tief durch und startete den Motor. Eule war an diesem sicheren Ort schon fast eingeschlafen. Nach der Hälfte der Rückfahrt parkte ich mein Auto in den einsamen Feldern und wählte die Nummer meines Mannes:

„Eule wird sterben. Schon bald sterben. Wir haben nichts im Griff. Die Werte sind gaaanz schlecht. Es war so schrecklich, ich war so überrumpelt. Ich wusste das nicht." Ich schluchzte die Worte nur so heraus und konnte kaum richtig atmen

Mein Mann war betroffen. „Fahr vorsichtig und komm erst mal gut nach Hause. Ich komme heute auch so früh wie möglich."

Ich war froh, dass ich das Erlebte teilen konnte und dieses außerhalb des Autos getan hatte. Doch was versprach ich mir davon? Dass Eule nicht mitkriegt, was Sache war?

Zuhause wartete schon sehnsüchtig die kleine Lakritze auf uns. Draußen im Garten beobachtete ich unsere beiden Hunde, die vorm Bauwagen am aufgeschütteten, kleinen Sandstrand die Sonnenstrahlen genossen. Ich setzte mich dahinter auf die Bauwagentreppe. Wir blieben dort eine gefühlte Ewigkeit. Die Stille und die

Frühlingssonne zauberten an diesen Ort für einen Moment ein Stückchen heile Welt.

Wir beschlossen, den Kindern die volle Wahrheit noch zu verschweigen.

Sie wussten nur, dass Eules Nieren nicht ganz gesund sind und sie deshalb spezielles Futter bekommt. Mein Sohn war ja mitgefahren zur Untersuchung von Lakritze, aber dieser Besuch samt Diagnose mit Perspektive war für uns hier innerhalb der Familie erst einmal zweitrangig und schon gar nicht lebensbedrohlich. Alle waren vernarrt in Lakritze, hatten sie gerne auf dem Schoß und genossen am Wochenende die Gassigänge zu sechst. Die Kombination von Eule und Lakritze beim Laufen oder nebeneinander auf ihren beiden Sitzsäcken zauberte uns allen immer ein Lächeln ins Gesicht. So wenig wendig Lakritze auf den ersten Blick auch wirkte: Wenn sie uns vom Küchenfußboden aus im Ballettsitz nach oben blickend beobachtete, waren wir alle butterweich. Ballettsitz, d.h. sie saß auf ihrem Allerwertesten und hatte die Beine vor sich lang ausgestreckt und gegrätscht wie eine Ballerina beim Aufwärmen.

Lakritzes auserwählte Mama war von vornherein Eule, auch wenn unsere Berner Sennenhündin das nicht immer so sah. Der Sommer klopfte an und der Gesundheitszustand beider Hunde verschlechterte sich. Eule nahm weiter ab und Lakritze blieb beim Spaziergang hin und wieder stehen und machte eine kleine Pause. Eule zog sich immer öfter zurück. Kam Lakritze quirlig auf sie zugetapst, knurrte Eule die Kleine ab und zu sogar weg. Geknickt und kurz jammernd drehte Lakritze dann um, fand aber sehr schnell menschliche Kuscheleinheiten bei den Kids.

Als meine Mutter nach längerer Zeit mal wieder zu Besuch kam, war auch sie erschrocken, wie schmal Eule geworden war. Eule liebte es plötzlich, stundenlang vorm Bauwagen in der Sonne zu liegen. Sie schien sich dort regelrecht zu wärmen, wo sie früher den Schatten bevorzugt hatte. Ich gewöhnte mich an die neue Situation und freute mich, wenn das Wetter so gut war, dass Eule vorm und auch mal unter dem Bauwagen liegen konnte. Oft wollte sie nicht mit Gassi laufen. Nicht zuletzt, weil sie, wie wir fanden, noch ängstlicher auf fremde Geräusche reagierte. Sie fraß schlecht, aber der Trinknapf war oft schnell geleert.

Dann standen auch schon die Sommerferien vor der Tür. Wir hatten den Kids bereits vor einiger Zeit erklärt, dass wir in diesen Ferien nicht in den Urlaub fahren würden, weil Eule sich ja nicht so fit fühlte und hier Ruhe und ihre Medizin hätte. Geplant waren aber Tagesausflüge mit nur jeweils einem Elternteil. So konnte der andere zu Hause bei den Hunden bleiben.

Zum Ferienstart wollten wir den Kindern vorsichtig beibringen, wie es um Eule stand. Wir hatten das genau geplant: Nach dem letzten Schultag würden wir die Zeugnisse bewundern und ich dann mit den Kindern in ein tolles Erlebnisschwimmbad fahren, damit wir alle so richtig Spaß hatten und die Kinder vor unserem Gespräch toben konnten und hoffentlich relaxter waren als sonst. Außerdem stand an diesem letzten Schulvormittag vor den Sommerferien noch die Grundschulabschlussfeier meines Sohnes an.

Ich saß zwischen anderen Eltern in der Kirche und wartete darauf, dass mein Sohn und die anderen Viertklässler mit ihren Klassenlehrern von hinten durch den Mittelgang einzogen. Auf dem Boden zeichneten schon bunte, aus Tonpapier gebastelte Fußabdrücke den Weg vor. Gerührt musste ich schlucken. Niemand hatte mich aber glücklicherweise vor der Kirche auf die Themen Urlaub und Hunde angesprochen. Darüber war ich sehr froh. Stolz gingen die Viertklässler den Mittelgang entlang und setzten sich in die ersten, reservierten Bankreihen. Sie waren jetzt die Großen der Grundschule. Wo waren die letzten Jahre geblieben? Ich wunderte mich über meine Gedanken, denn diesen Spruch kannte ich nur von meiner Oma und konnte ihn bisher nie nachvollziehen. Aber wenn der Jüngste die Schule wechselt, macht uns das irgendwie auch nicht jünger. Weil mir dabei aber direkt einfiel, welches Gespräch wir am Abend noch vor uns hatten, versuchte ich, mich mit anderen banalen Gedanken abzulenken und weniger auf den rührenden Gesang der Kinder zu achten. Schlucken musste ich trotzdem.

Nach der Messe zogen die Kids mit ihren Lehrern los zur Abschlussfeier in die Grundschule. Wir Eltern standen zum Großteil noch etwas unentschlossen vor der Kirche, redeten ein paar Takte wehmütig über die gemeinsame Grundschulzeit und wechselten zum Thema Urlaub. Der beste Freund meines Sohnes fuhr direkt nach der Schule mit seiner Familie los Richtung Italien.

Sein Vater fragte nach unseren Urlaubsplänen. Als ich von Eule erzählte, reagierte er sehr verständnisvoll und betroffen, obwohl die Familie keinen Hund hatte. Sie hatten zwei Kaninchen, die auch Familienmitglieder waren. Das schweißt ein Stück zusammen. Unsere Jungs wechselten gemeinsam aufs benachbarte Gymnasium. Ein Jahr später würde ein Kaninchen sterben, während unsere Jungs auf Klassenfahrt sein würden. Die Mutter würde mir schreiben, was passiert ist und welches Gespräch sie nun nach der Klassenfahrt vor sich hätte. Ich würde ihre Sätze lesen, und mir würde eine Gänsehaut über den Rücken laufen. Ob Hund oder Kaninchen: Die Vertrautheit und Nähe zum Tier, die man sich aufbaut, zählen. Von der Geburt bis zum gemeinsamen Begräbnis des Tieres. Bis heute verstehe ich nicht, wie ein Kind beim Schlachten des eigenen Kaninchens zusehen und es dann mit Appetit essen kann. Das gibt es aber tatsächlich. Ich kenne mehrere Fälle.

Ich holte meinen Sohn nach seiner allerletzten Grundschulstunde ab. Allen Viertklässlern stand der sentimentale Abschied ins Gesicht geschrieben. Einige wischten sich immer noch die Tränen weg. Der Klassenlehrer hatte eine sehr intensive Beziehung zu seinen Schützlingen aufgebaut. Er nahm die Kids ernst und sie vertrauten ihm. Ich wünschte mir, dass mein Sohn auf seiner weiteren Schullaufbahn auch so viel Glück mit vertrauensvollen Lehrern haben würde. Kurze Zeit später kam meine Tochter mit dem Schulbus nach Hause. Nach den Ferien stand schon der Wechsel in die Klasse 7 an. Dann würden beide Kinder dasselbe Gymnasium besuchen. Der Bus fuhr durch unsere Straße.

Schnell löste die Vorfreude aufs Erlebnisbad die Wehmut nach der Grundschule ab. Zeugnisse bewundern, Mittagessen, Schwimmzeug und Geld für die Pommes danach einpacken und los. Mein Mann kam zwischendurch von der Arbeit nach Hause und kümmerte sich um Eule und Lakritze.

Angekommen und umgezogen liefen wir los. Mollige Hallentemperatur und warmes Badewasser, in dem die fröstelnde Gänsehaut ausblieb. Auch ich genieße bis heute diese Erlebnisbäder. Wir sausten durch den Strömungskanal und düsten spektakuläre Tunnelrutschen, wie die Speed Shark in Rekordgeschwindigkeit, die Black Mamba durch unheimliche Dunkelheit sowie die Smaragd Slide auf einem Reifen hinunter. Entspannung pur gab es draußen im Solebecken. Ich fühlte mich tiefenentspannt und konnte die vergangenen Tage hinter mir lassen. Nach 3 Stunden Action und Relaxen verließen wir das Erlebnisbad und gönnten uns Pommes. Auf der 1 ½ stündigen Heimfahrt wurden die Kinder stiller, weil angenehm müde. Das anrollende Gewitter beim Abendbrottisch konnte man noch nicht spüren.

Als wir aber um den Esstisch herumsaßen und mit dem zweiten Abendessen fertig waren, verkündete mein Mann sehr behutsam:

„Wir möchten mit Euch über Eule reden. Ihr wisst ja, dass sie krank ist und Probleme mit den Nieren hat. Deshalb bekommt sie Medikamente. Leider ist sie sehr krank. Diese Krankheit kann kein Arzt heilen. Deshalb wird Eule vielleicht schon bald in den Himmel gehen."

Ich fügte hinzu: „Dort hat sie dann keine Schmerzen mehr und es geht Ihr wieder gut."

Wir kratzten alles zusammen, was wir für schonend hielten. „In den Himmel gehen" fand ich sehr schön und positiv.

„Eule wird sterben?" rief meine Tochter laut heraus und schluchzte. „Das darf nicht sein. Wann?"

Unsere idyllische Einleitung hatte sich schlagartig in bittere Realität verwandelt.

Ich gab mich geschlagen: „Wir wissen es nicht, die Ärzte auch nicht. Es kann sein, dass sie die Sommerferien nicht schafft."

Das war ehrlich und jedes Kind konnte jetzt auf seine Art und Weise damit umgehen. Meine Tochter schluchzte ihren Schmerz laut heraus. Mein Sohn wischte sich eine Träne weg. Er stand auf, setzte sich mit dem Nintendo aufs Sofa und begann zu spielen, um dieser unerträglichen Situation irgendwie zu entfliehen. Jeder hat seine individuelle Art, um mit Katastrophen umzugehen. Wir ließen beide gewähren.

Abends musste ich zunächst mit zu meiner Tochter ins Bett, bis sie eingeschlafen war. Mein Sohn, der in Stresssituationen manchmal nachts wandelte und das Bett wechselte, wachte morgens neben mir auf, ohne dass er wusste, wie er hierhergekommen war.

Nur 2 Tage später startete mein Mann mit den Kids den geplanten Tagesausflug ins Klimahaus Bremerhaven. Ich blieb mit den Hunden zu Hause. Eule, Lakritze und ich machten uns einen ruhigen Tag. Die Kids hatten viel Ablenkung und sprudelten abends nur so über, als sie von ihren Erlebnissen und Entdeckungen erzählten.

Ein paar Tage ging alles seinen gewohnten Gang. Die Kinder spielten in ihren Zimmern. Lakritze lag auf dem Sofa und Eule auf dem Teppich in meinem Arbeitszimmer mit Blickrichtung zu mir, so dass ich sie von der Küche aus ansehen konnte. Eule wirkte etwas unruhig und hob den Kopf. Plötzlich bebte und zuckte sie am ganzen Körper und verdrehte die weit aufgerissenen Augen im Kopf. Ich war außer mir und lief zu Eule hinüber. Ich kniete neben ihr. Sie zuckte und krampfte und sackte dann nach kurzer Zeit erschöpft zusammen. Ich streichelte Eules Fell und legte mich neben sie auf den Teppich. Es war fast ganz still. Nebenan aus dem Wohnzimmer hörte ich allerdings das Schnarchen und Röcheln der schlafenden Lakritze. Diese Atemgeräusche setzten meiner Verzweiflung noch das i-Tüpfelchen auf. Eule schien in ihrer Erschöpfung eingeschlafen zu sein. Ich stürzte zitternd ans Telefon und rief meinen Mann an. Ich schluchzte ins Telefon und rang beim Sprechen zwischen den Satzbruchstücken nach Luft:

„Hilfe...Eule...ein epilpeptischer Anfall. Augen verdreht, Zittern, Schlottern. Komm schnell! Was sollen wir machen? Ich hatte das gelesen. Im späten Stadium...ich kann nicht mehr....ja, sie schläft jetzt."

Mein Mann verließ seinen Laden und war schnell da. Wir waren froh, dass die Kinder oben so intensiv in ihr Spiel vertieft waren. Eule hatte sich unterdessen etwas berappelt. Ganz langsam wankte sie durch die offene Terrassentür hinaus in den Garten und legte sich in der prallen Sonne auf den warmen Sand vor unserem Bauwagen. Das schien ihr und ihrem Kreislauf gut zu tun. Die Wärme, die sie früher gemieden hatte, suchte sie jetzt.

„Wir lassen sie ausruhen", meinte mein Mann. „Den Stress, sie da jetzt wegzuholen ins Auto, um mit ihr zum Arzt zu fahren, tun wir Eule nicht an."

Ich stimmte zu: „Sie liegt so friedlich. lassen wir Ihr die Ruhe."

Die Kinder kamen raus und hatten Lakritze auf dem Arm. Ich ging nach kurzer Zeit wieder mit ihnen hinein, denn Lakritze mochte diese Hitze gar nicht so gerne. Mein Mann saß noch lange auf der Bauwagentreppe und beobachtete Eule. Papas Nähe tat Eule sicher gut. Mein Mann und ich gingen immer mehr am Krückstock.

An diesem Abend erst erzählte ich meinem Mann, dass ich ein paar Tage zuvor beim Abholen des Rezeptes ein Gespräch mit dem Tierarzt hatte.

Nach kurzer Anfrage bat der Tierarzt mich mit seiner ruhigen, angenehmen Art ins Behandlungszimmer. Ich fragte ihn, wie es wirklich um Eule stand und wie lange sie schätzungsweise noch leben würde. Ich hatte gerade einen, für mich untypisch gefassten Moment und meine Stimme zitterte nicht einmal. Der Tierarzt strahlte eine Ruhe aus, die irgendwie auf mich überging, so dass wir offen reden konnten: „Genau kann man das nicht sagen. Das verhält sich oft ganz unterschiedlich. Es kann schnell gehen oder auch dauern. Ich habe vieles schon erlebt. Aber ich denke, dass ich Ihnen sagen kann, dass Sie mit Eule wohl nicht zusammen Weihnachten feiern werden. Das ferne Datum schien mir sehr behutsam gewählt und zeigte weiterhin Wirkung, denn ich behielt meine Ruhe. Tapfer kamen die Worte aus mir heraus: „Ich würde Sie bitten, uns ehrlich und offen zu sagen, wenn Eule absolut nicht mehr kann und ihr Leben nicht mehr lebenswert ist. Ich möchte nicht, dass sie furchtbar leidet und wir plötzlich die sind, die ihr helfen wollen, aber dann nicht loslassen können. Wenn Eule keinen Lebenswillen mehr hat und sich nur noch quält, sagen Sie uns bitte Bescheid."

Man, war ich cool. Ich konnte nicht glauben, dass ich diese Worte mit so einer Gelassenheit ausgesprochen hatte und fühlte mich irgendwie stark und gut.

Der Tierarzt war sehr dankbar für meine Worte und wollte auf jeden Fall ehrlich sein und uns offen ansprechen. Ich bedankte und verabschiedete mich und ging mit meinem Rezept zum Auto. Ruhig startete ich den Motor, aber auf dem Rückweg heulte ich Rotz und Wasser.

Der Tag nach dem epileptischen Anfall war ein Freitag. Der Tierarzt nahm Eule Blut ab und wollte sich direkt nach dem Wochenende am Montag melden.

Freitag und Samstag verliefen ruhig, denn es war warm und die Hunde wollten alles andere als größere Gassigänge unternehmen. Am Sonntag dann war es bewölkter und etwas abgekühlt. Wir waren alle schon früh am Morgen fit und startklar für einen Gassigang.

„Wo wollen wir laufen?", fragte mein Mann.

„Dreibauernstraße", antwortete ich spontan. Eule liebte diesen Weg, einen Ort weiter. Obwohl es teilweise etwas bergauf ging, wollten wir es versuchen. Wenden konnten wir immer noch spontan. Wir parkten am Straßenrand und machten uns gemächlich auf den Weg. Eule und Lakritzes größtes Glück war es, wenn wir alle Sechs zusammenliefen. Die Kinder nahmen die Hunde zunächst an die Leinen. Kurze Zeit später ließen wir Eule und Lakritze freilaufen.

Sie trotteten neben uns her, weiter die leichte Steigung bergauf. Plötzlich blieb Eule stehen. Sie blickte uns kurz an und legte eine sensationellen Blitzstart hin. Sprang über den kleinen Graben rechts neben uns auf die angrenzende Wiese, die mit unserem Weg bergauf führte. Lakritze tapste hinterher. Eule flitzte und jagte über das Feld. Früher nannten wir es „ihre verrückten fünf Minuten". Wir staunten und lachten und freuten uns. Lakritze folgte ihr, drehte aber nach einiger Zeit wieder ab zu uns. Ihre Konkurrenz war zu schnell. Irgendwann wurde Eule langsamer und kam zurück zu uns. Sie wirkte erschöpft, aber zufrieden. Wir drehten um und gingen gemächlich zurück zum Auto. Dort bekamen die zwei Wasser. Eule trank sehr viel und fand kaum ein Ende.

Zu Hause kroch sie unter den Bauwagen, wo sie den Rest des Tages verbrachte.

Lakritze blieb auf dem Sitzsack liegen und dachte gar nicht daran, sich zu rühren.

„Wow, kann die Eule aber noch flitzen!" Die Kinder waren begeistert.

„Der Tierarzt wird beeindruckt sein, wenn er Eules Blutwerte sieht." Ich war sehr zuversichtlich, denn die Energie, die ich gerade beobachten durfte, war der Hammer.

Am Montag hatten die Kinder Freunde da. Mein Mann war früher heimgekommen und rief den Tierarzt an. Als er fertig war, klopfte mein Herz bis zum Halse. Was würde er gesagt haben, wo wir doch gerade am Wochenende diesen temperamentvollen Lauf hinter uns hatten? Ich betrat den Raum. Mein Mann saß am Schreibtisch und blickte angespannt und gleichzeitig erschöpft zum Fenster hinaus.

„Was hat er gesagt?", fragte ich vorsichtig. Mein Mann sah nicht so aus, als hätte er gerade Positives gehört.

„Er kann nichts mehr für Eule tun. Er wird Eule Kortison geben, damit sie noch einmal so richtig aufblüht und wir ein paar schöne, letzte Tage mit ihr haben."

Ich war sprachlos.

Sah Eule noch einmal vor mir, wie sie am Vortag über die Wiese bergauf flitzte. Ich konnte und durfte nicht weinen. Die Kinder waren da und hatten Besuch von Freunden. Ich musste handeln und funktionieren, um nicht vor den Kids zusammenzubrechen.

„Wir müssen uns vorbereiten!"

Ich versuchte, möglichst resolut und gefasst zu klingen und rief eine Nachbarin an. Ihre Hündin war ein Jahr zuvor verstorben. Die Familie hatte die Hündin im sogenannten „Rosengarten" beerdigen lassen.

Ich wollte mich nicht erst am letzten Tag mit dem Thema befassen. Gut vorbereitet dann einfach funktionieren – so hatte ich mir das gedacht. Auf keinen Fall durfte es nämlich soweit kommen, dass Eule zu Seife verarbeitet würde.

Mit einem Prospekt vom Rosengarten stand unsere Nachbarin kurze Zeit später vor der Tür. Wir tranken einen Kaffee. Sie erzählte und ich schaute mir die Prospekte und Fotos darin an. Die Ruhe und Idylle, die die Fotos ausstrahlten, beeindruckten mich. Weil unsere Kinder außerdem Freunde zu Besuch hatten und somit Ablenkung im Haus war, blieb ich überraschend gefasst und ruhig. Wir hatten eine Adresse und Nummer, wo wir anrufen konnten, wenn es soweit war. Dann würde Eule nach ihrem Tod vom Tierarzt zum Kleintierkrematorium am nächstgelegenen Rosengarten überführt werden. Diese Fahrt hätte uns auf jeden Fall psychisch überfordert.

Einen Tag später bekam Eule vom Tierarzt das Kortison. Und in der Tat blühte sie auf, liebte die gemeinsamen Spaziergange, vor allem auch allein mit meinem Mann. Wir genossen diese Tage und immer wieder keimte in mir die Resthoffnung auf, dass Eules vorhergesagter, baldiger Tod nur ein Irrtum war.

Wir gingen oft getrennt mit den Hunden. Meine Kinder kamen mit Lakritze bei der Wärme nur sehr schleppend voran. Immer wieder musste die Kleine pausieren. Lakritze lag am liebsten auf dem Schoß der Kinder, gerne dazu im Schatten. Eule trank viel nach den Spaziergängen. Und dann ließ das Schicksal uns einfach nicht in Ruhe und Eule wurde doch schwächer und langsamer. Sie lag unter meinem Schreibtisch und in ihrem Korb, Der Pool-Korb wirkte wieder größer denn je, weil Eule so mager geworden war. Nur sehr schwer ließ sie sich überreden, ein paar Schritte draußen zu laufen. Nicht nur Schwäche, sondern auch wieder Angst standen ihr im Gesicht geschrieben.

Drei Tage später begriff ich endgültig, was Eule schon längst wusste.

An diesem Nachmittag war es trocken und nicht so warm. Ich öffnete die Haustür und rief Eule zu mir. Diesmal kam sie tatsächlich langsam mit nach draußen. Eine Leine brauchte ich nicht. Wir gingen ein paar Meter die Straße entlang, bis Eule umdrehte und nach Hause schlich. Ich öffnete die Haustür, aber Eule hatte sich bereits auf den Rasen gelegt und blickte zum Hof. Bereitwillig setzte ich mich daneben auf unsere Bank. Ich dachte, Eule wollte noch ein wenig an der Luft verschnaufen. Die Minuten verstrichen. Eule blieb auf ihrem Rasenplatz liegen. Ich forderte sie dann doch nach einiger Zeit vorsichtig auf, mit ins Haus zu kommen. Eule aber rührte sich nicht. Ich wurde unruhig, ging ins Haus und rief sie noch einmal von der Türschwelle aus. Eule regte sich wieder nicht und blieb auf ihrem Platz. Mir wurde mulmig zumute. Ich holte erst einmal Wasser. Den Napf stellte ich in ihrer Nähe auf, aber die durch ihre Nierenkrankheit so durstige Eule trank nicht. Mein Herz klopfte mir bis zum Hals. Eule, nicht jetzt! Eine Nachbarin grüßte und drehte sich im Vorbeigehen noch einmal um. Eules Schicksal hatte sich schon längst herumgesprochen. Noch vor ein paar Tagen trafen wir auf der Straße Eules Hundefreundin Rela, eine helle Labradorhündin fast gleichen Alters. Eule folgte ihr bis zur Haustür. Dann drehte sie langsam um und kam zu mir zurück. Ich sagte unserem Nachbarn, dass es Eule jetzt nicht mehr gut ginge und sie abgenommen hätte.

„Ja, das sehe ich", antwortete er ruhig und mitfühlend. Ich musste schlucken. Erklärungen waren gar nicht nötig.

Und jetzt lag Eule immer noch im Gras, starrte auf den Hof und ich dachte, sie hätte sich vielleicht einen Platz zum Sterben gesucht. Mir war elend. Ich rief meinen Sohn. Er holte mir das Telefon. Hektisch rief ich meinen Mann an und erklärte ihm, was hier vor sich ging. In einer halben Stunde würde er losfahren können. Für mich eine Ewigkeit. Was sollte ich tun? Ich blieb erst einmal auf der Bank sitzen und wartete bei Eule. Langsam wurde ich ruhiger. Die Situation irgendwie friedlicher. Die Sonne wärmte mein Gesicht, aber es war nicht zu heiß. Ich setzte mich neben Eule ins Gras. Wir warteten. Mein zweiter Versuch, ihr Wasser anzubieten, scheiterte ebenfalls. Eule schaute weiterhin zum Hof und bewegte sich nicht.

Dann endlich fuhr mein Mann mit dem Bulli vor und stieg aus. Mühsam rappelte Eule sich auf und schwankte ihm ganz langsam entgegen. Sie wartete, bis er die Fahrertür öffnete und wedelte mit dem Schwanz. Zusammen vereint, wie Eule es am liebsten hatte, gingen sie gemeinsam durch die Tür ins Haus. Alles war klar. Eule wollte Papa abholen, wie sie es immer tat. Ein allerletztes Mal.

Am nächsten Vormittag ging Eule wieder bereitwillig mit mir durch die Haustür nach draußen. Ich leinte sie an, weil die Autos in den verkehrsberuhigten, engen Nebenstraßen oft trotzdem rasten, Wir liefen ganz langsam los und hielten an einer Baustelle, in deren Wiese sich durch Regenschauer der letzten Nacht eine große Pfütze gebildet hatte. Eule ging zielstrebig auf diesen Regensee zu und begann zu trinken. Sie trank und trank und hörte nicht auf. So, als wäre sie lange Zeit durch die trockene Wüste gelaufen. Sie trank und ich ließ sie gewähren. Was gab es noch zu verlieren? Ich war so unendlich traurig, denn Eule würde ihren Durst niemals stillen können. Langsam drehte ich sie irgendwann von der Pfütze weg und wir schlichen zurück auf unserem Weg nach Hause. Unterwegs trafen wir einen Nachbarn mit seinem neuen Hund aus der Labradornothilfe. Eules Anblick berührte auch ihn. Er wusste, dass sie krank war, aber der jetzige Anblick im Endstadium machte ihm zu schaffen. Sein verstorbener Retriever Jack war zum Schluss auch sehr abgemagert und lag eingeäschert im Rosengarten, wohin Eule ihm folgen würde. Eule hatte sich immer prima mit dem gutmütigen Jack verstanden. Für diese Familie waren Hunde ebenfalls Familienmitglieder. Der Nachbar wusste, wieviel Schmerz auf uns zukommen würde.

Ein Auto kam von hinten und ich rief Eule weiter an den Straßenrand. Sie war plötzlich unfähig zu laufen, so dass ich sie auf dem Arm zur Seite trug. Es war Zeit zu gehen, denn ich konnte meinen Schmerz kaum noch verbergen. Ganz langsam schlichen Eule und ich durch die Haustür in den Flur. Die Terrassentür zur Küche stand offen. Im Schneckentempo bewegte Eule sich durch den Garten auf ihren geliebten Platz unter den Bauwagen. Dort verkroch sie sich erschöpft und kam bis zum Abend nicht mehr heraus. Sogar Lakritze folgte Eule nicht, sondern ließ sie in Ruhe. Manchmal verstehen Hunde sich ohne Worte. So klein und jung Lakritze mit ihren knapp 7 Monaten noch war: Sie wusste, was Sache war, glaube ich.

„Eule hat keine Kraft mehr!".

Das war tatsächlich ich, die diese Worte zitternd in den Hörer sprach. Ein paar Mal hatte ich vorher zum Telefon gegriffen, um meinen Mann anzurufen und es dann doch wieder weggelegt. Ich konnte die Wahrheit nicht aussprechen.

Der Tierarzt hatte meinem Mann vor ein paar Tagen noch gesagt. dass wir nicht zu lange warten sollten. Ich erinnerte mich wieder an das gute Gespräch mit ihm in der Praxis vor ein paar Wochen.

Ich erzählte meinem Mann von dem Endlostrinken und der Situation, dass ich Eule wegen des Autos von der Straße tragen musste. Mir kamen die Tränen, als ich ihm sagte, dass Eule nun seit Stunden unterm Bauwagen läge.

„Das Wochenende liegt vor uns. Das schafft sie nicht. Eule quält sich. Wir quälen sie, wenn wir nicht handeln."

Ich war froh, dass die Kinder oben waren und mich nicht hörten und meine Tränen nicht sahen. Mein Mann und ich schwiegen am Telefon eine Ewigkeit.

Dann sagte er mit zitternder Stimme:

„Ich rufe da jetzt an und mache einen Termin."

Noch zittriger war seine Stimme, als er sich 10 Minuten später wieder meldete:

„Morgen früh um neun."

Mehr war nicht zu sagen. Wir legten auf und jeder war mit seinen Sorgen und seinem Schmerz allein. Die Kinder knuddelten oben mit Lakritze und ich räumte auf, rannte herum und war doch ziemlich planlos. Ich rief meine Mutter an. Meine Stimme klang wohl so erschüttert, dass sie dachte, Eule wäre schon tot. Wir vereinbarten, dass mein Mann ihr am Morgen frühzeitig die Kinder brachte.

„Ein Spielevormittag mit Oma? Super! Das klingt gut."

Die Kids freuten sich darauf.

Am nächsten Morgen packten sie von „Monopoly" bis zum „Spiel des Lebens" soviel ein, als wollten sie drei Wochen bei Oma und Opa bleiben.

„Papa nimmt Euch mittags nach der Arbeit wieder mit, ok?"

Eule und Lakritze lagen, was selten vorkam, an diesem Morgen gemeinsam auf der „Auszeit"-Matratze im Nebenraum. Ich bin davon überzeugt: Beide Hunde wussten Bescheid und hatten sich schon voneinander verabschiedet.

Da kam mir der entscheidende Geistesblitz:

„Wartet!", rief ich die Kids im Flur zurück. „Was sollen Eule und Lakritze denn von Euch denken? Die ganzen Ferien seid Ihr rund um die Uhr zusammen und jetzt fahrt Ihr heute morgen zu Oma und sagt nicht mal eben Tschüß?"

Blitzschnell flitzten beide Kinder in den Nebenraum und knuddelten Eule und Lakritze übermütig und verabschiedeten sich bis später. Sie ahnten glücklicherweise nicht, was später bedeutete. Aber sie reagierten natürlich und kindlich von Herzen, was die Hunde sicher freute.

Als unser Bulli weg war, rappelte Eule sich schwerfällig hoch und schlich ganz langsam ins Wohnzimmer. Lakritze blieb im Nebenraum auf der Auszeitmatratze liegen. Sicher hatte es zwischen den Hunden eine stille Aussprache gegeben – so meine Gedanken. Eule legte sich auf die äußere Ecke des großen, roten Teppichs. Vorsichtig und ganz ruhig setzte ich mich genau auf die Mitte des Teppichs, um einfach nur in Eules Nähe zu sein und ihr trotzdem Raum zu lassen. Ob Eule das wollte, konnte ich nicht einschätzen. Doch dann erhob Eule sich ganz langsam und mühsam und schwankte auf mich zu. Sie blieb vor mir sitzen und schaute mich offen an. Sie blickte lange ganz ruhig und sehr müde in meine Augen. Eule, ich werde diesen Blick nie vergessen.

Dein Blick sprach:
„Mama, jetzt kann ich leider nicht mehr."

Ich streichelte und umarmte Eule.
Ich nannte sie noch einmal bei meinem speziellen Kosenamen:
„Du bist Mamas Kumpel und wirst das auch immer sein, Eule!"
Und mit zitternder Stimme: „Eule, ich hab Dich lieb."

Meine Anspannung ging über in ein Bemühen, die passenden Worte zu finden.

Das wäre gar nicht nötig gewesen, aber ich war so gerührt und überrascht, weil Eule zu mir kam, um sich zu verabschieden. Traurig senkte Eule ihren müden Blick in Richtung Teppich, wo ein paar Tropfen ihres Urins geflossen waren. Eule konnte in dieser Endphase den Urin nicht mehr gut halten. Gerade die stolze Eule, die sich von Anfang an stubenrein gezeigt hatte. Diese Inkontinenz war für unsere Eule auf jeden Fall eine Schwäche, die ihr Leben nicht mehr lebenswert machte. Vorsichtig und kurz umarmte ich Eule, die ganz aufrecht vor mir saß. Mager, müde und mit ihrer Kraft am Ende. Ganz langsam erhob Eule sich, blickte mich noch einmal an und machte sich auf ihren Weg. Sie schaute sich nicht mehr um und verließ langsam das Wohnzimmer. Durch den Flur und die Küche ging ihre mühsame, aber zielstrebige Reise. Ohne sich noch einmal umzudrehen, trat Eule durch die offene Küchentür hinaus in die warme Sommersonne. Ganz langsam nahm sie die drei Steintreppenstufen zum Rasen. Noch ein paar Meter durch das Gras. Dann hatte sie ihr Ziel erreicht. Mit letzter Kraft legte unsere Eule sich unter den Bauwagen in den Sand. Endstation.

Schlagartig wusste ich es:

Eule hatte sich hier und jetzt ihren Platz zum Sterben gesucht.

Kurze Zeit später kam mein Mann nach Hause. Er hatte uns schon im Garten vermutet. Ich saß auf der Bauwagentreppe. Die Sonne hatte für den Moment gutgetan. Ich hatte die vergangenen Minuten des Abschieds noch einmal Revue passieren lassen.

Das Knarren der Gartenpforte holte mich zurück in die Realität: Wir hatten in 45 Minuten einen Termin, um Eule einschläfern zu lassen.

„Nein!", schrie es in mir. Es war nicht das Nein, das nicht loslassen konnte. Ich hatte mich von Eule verabschiedet und der Moment in der Sonne hier war friedlich. Die Hektik des Termins brachte mich ganz durcheinander. Durchkreuzten wir damit nicht Eules Pläne und letzten Willen?

Ich erklärte meinem Mann kurz, was passiert war. Wir waren beide betroffen und irritiert und standen gleichzeitig unter Druck. Unsere Vernunft sagte uns, dass wir gleich einen Termin haben würden, um Eule schlimmeres Leid zu ersparen und sie nicht länger zu quälen. Einen Termin, um Eule zu erlösen. Aber Eule lag ja schon an ihrem Lieblingsort. Der Tierarzt hatte uns gesagt, dass es wegen der Handhabung und Möglichkeiten in der Praxis einfacher wäre, zu ihm zu kommen. Ich hatte – gerade nach unserem letzten Gespräch – viel Vertrauen zu ihm und fühlte mich dabei schon beruhigt und bestätigt, das Richtige zu tun. Da Eule aber doch Angst hatte beim Tierarzt, machten wir mit ihm aus, dass sie die erste Schlafspritze in unserem Bulli bekommen würde. Da fühlte sie sich auch wohl und heimisch. In diesem Moment wollte ich zurückspulen. Gerne hätte ich unseren Tierarzt hergelockt zum Bauwagen an Eules Platz.

Die Uhr tickte und wir mussten los. Mein Mann trug die nun leichte Eule ins Auto. Ich ging ins Haus und verabschiedete mich von Lakritze, die nach wie vor auf der Matratze lag und eingeschlafen war. „Bis gleich, meine Kleine", flüsterte ich. „Wir sind schnell wieder da. Dann habe ich viel Zeit für Dich, ok? Schlaf noch schön!"

Ich eilte aus der Tür und stieg ins Auto ein. Ich drehte mich um und blickte auf Eule, die vor dem Rücksitz lag. Wir fuhren schweigend los und standen um 8.47 Uhr vor der Tür, Eule saß jetzt trotz ihres Zustandes aufrecht und wusste genau, wo sie war.

Mir war flau. Meine Knie zitterten und mein Herz raste plötzlich. Ich atmete angespannt und war kurz vorm Hyperventilieren. So ist das, wenn man seinen Hund doch eigentlich einfach ruhig begleiten möchte. Wenn innerlich erst mal der Ausnahmezustand ausgerufen ist, trickst der Körper den besten guten Willen einfach aus.

Ich blickte nach hinten auf Eule und dann auf meine Uhr.

„Wir sind etwas zu früh. Lass uns noch eine Runde durch die Siedlung fahren." Mein Mann startete sofort den Motor und wir nahmen erleichtert noch diese kleine Auszeit. Doch dann war es soweit.

Wir standen wieder mit dem Bulli auf dem Tierarzt-Parkplatz und stiegen ganz langsam aus. Meine Beine waren wie Wackelpudding. Krampfhaft suchte ich nach einem letzten Ausweg, aber mir fiel nichts ein. Mein Mann öffnete die seitliche Bullitür. Eule saß aufrecht auf dem Boden und blickte ihn müde an. Mein Mann streichelte Eule. In diesem Moment öffnete sich die Nebeneingangstür der Tierarztpraxis. Unser Tierarzt würde ja, wie vereinbart, zu uns herauskommen, um Eule im vertrauten Auto die erste Spritze zu geben.

Heraus kam die Tierärztin mit einer Helferin. Sie schoben einen Rolltisch, um Eule darauf in das Behandlungszimmer zu transportieren. Die Ärztin war mir kaum bekannt. Ich war enttäuscht. Wo war unser Tierarzt, dem ich so vertraut mein Herz ausgeschüttet hatte? Die Realität holte mich ein: Für uns brach gerade eine Welt zusammen, aber unser Tierarzt hatte eben keinen Dienst.

Da steht man dann kraftlos und denkt, jeder Mensch muss doch Anteil nehmen an diesem unbegreiflichen Schicksal.

„Haltet die Welt an: Unsere Eule stirbt!"

Aber jeder Mensch lebt in diesem Moment eben seine eigene Wirklichkeit: Vielleicht gerade genervt in einer langen Warteschlange an der Supermarktkasse. Vielleicht unkrautzupfend im Garten. Vielleicht übernächtigt am PC, um den Abgabetermin einer Seminararbeit für die Uni zu schaffen. Oder vielleicht glücklich beim ersten Spaziergang mit dem kleinen Welpen.

Ich schluckte.

Die Ärztin war mit in unserer Geschichte. Ihre Perspektive war aber eine andere. Wie fühlt man sich, wenn man ein Tier einschläfert? Ist es ein gutes Gefühl, das Tier von Schmerzen und Qualen zu befreien und es zu erlösen? Oder schleichen sich manchmal Bauchschmerzen ein, weil man das Tier ja nicht fragen kann, ob es diese Hilfe auch will. Vor allem aber ist es der Beruf.

Ganz ruhig gab sie Eule die Spritze. Ich glaube, Eule blieb so lange wie möglich aufrecht sitzen, aber dann sackte sie in Zeitlupe in sich zusammen. Der Anblick brach mir das Herz. Das Schicksal hatte unsere stolze Eule endgültig in die Knie gezwungen. Eule hätte auf dem Rollwagen in die Praxis geschoben werden können, aber mein Mann trug sie den letzten gemeinsamen Weg auf dem Arm.

Vorsichtig legte er Eule auf den Behandlungstisch. Was genau jetzt passierte, kann ich nicht mehr wiedergeben. Wann wo ein Zugang gelegt wurde und welche und wie viele Infusionen folgten, weiß ich nicht mehr. Mein Mann auch nicht. Wir haben gemeinsam versucht, uns an die medizinischen Details zu erinnern. Ich kann nur meine Empfindungen wiedergeben:

Wir standen beide neben uns.

Wir wurden gebeten, unsere Hände auf Eules Körper zu legen.

Hier und da ein Zucken. Vielleicht eine letzte Regung?

War sie in tiefer Narkose oder schon auf der Regenbogenbrücke?

Oder war Eule noch näher bei uns, als wir dachten.

Jetzt beim Schreiben unserer Geschichte habe ich in Fachtexten gelesen, dass vieles, was ich noch als Regung und Nähe unseres Hundes empfand, nicht mehr viel mit dem Leben zu tun hatte.

Ich weiß nicht, ob ich im Moment des Einschläferns überhaupt so richtig bei Eule war, wie ich es sein wollte. Ich habe wohl vor allem in erster Linie funktioniert und irgendwie versucht, in dieser ausweglosen Situation Haltung zu bewahren, um nicht zusammenzubrechen.

Ich erinnere mich im Nachhinein aber noch genau an zwei Dinge.

Meine erste Erinnerung:

Ich spüre noch heute, wie sich in diesem Moment des Handauflegens das Fell anfühlte. Es war weich und lang und noch warm, aber es war doch nicht mehr so glänzend wie früher. Die Krankheit hat vor nichts zurückgeschreckt. Wenn auch erst ganz zum Schluss. Sogar jetzt lobte die Ärztin noch Eules Fell. Als ich meine vor Anspannung feuchten Hände von Eule löste, klebten ihre Fellhaare daran.

Meine zweite Erinnerung:

Das Einschläfern dauerte eine gefühlte Ewigkeit. Für meinen Mann war die Situation noch unerträglicher als für mich. Er verließ vorzeitig die Praxis und wartete im Auto. Meine Hände lagen weiter auf Eule. Die Ärztin war ruhig und verständnisvoll. Wir sprachen über die Krankheit. Sie hörte mir zu. Von ewig langer Dauer erschien mir diese Situation. Vielleicht kam es mir so vor. Vielleicht auch oder gerade wegen dieser Krankheit. Ich hatte vorher weder nachgelesen noch die Tierärzte gefragt, wie lange Einschläfern dauert. Dazu hatte mir der Mut gefehlt.

Die Tierärztin hörte noch einmal die Herztöne ab. Es waren keine mehr da.

Ich knuddelte Eule und flüsterte:

"Wir sehen uns wieder, liebe Eule."

Ich bedankte mich und eilte zu meinem Mann ins Auto. Dort brachen wir beide in Tränen aus. Mein Mann startete den Motor und wir fuhren langsam nach Hause. Eule würde überführt werden zum Rosengarten. Dort würde man im Kleintierkrematorium ihren Körper verbrennen und die Asche verstreuen. In einem großen, schön angelegten Streubeet, wo auch andere Hunde ihren letzten Ruheort finden. Und vor allem hatten wir eine Anlaufstelle. Wenn Eules Asche dort verstreut war, würde man uns Bescheid geben.

Ich hatte immer noch die leise Hoffnung, dass Eule nicht tot war. Tränenüberströmt drehte ich mich im Auto um, aber sie saß nicht, wie eben noch, vor der Rückbank.

Ich blickte aus dem Rückfenster auf die Straße und suchte Eule. In meiner Phantasie jagte sie mit ihrem einst so kraftvollen Sprint und dem so schönen, wehenden Fell hinter unserem Auto her:

„Hey, wartet auf mich!", rief ihr Blick.

Sie bellte. Mir fiel ein, dass wir Ihr Bellen nie aufgenommen hatten. Wir würden es jetzt nie mehr hören. Nur in unserer Erinnerung. Wie konnten wir das vergessen? Viele Fotos, aber alle stumm. Wann würde das Bellen auch in unserer Erinnerung leiser werden? Wann würden wir vergessen, wie es sich ganz genau anhörte?

Meine Tränen ließen das Bild von Eule hinter uns verwischen und in sich verlaufen. Es verwandelte sich in den silbernen Sportwagen, dessen dreister Fahrer hinter uns drängelte.

Wir bogen in unsere Straße ein und dachten an Lakritze, die tapfer eine längere Zeit allein durchhalten musste. Jetzt würde sie ohne Eule sein. Was für ein Schicksal mit nur knapp 7 Monaten. Eule war für sie die eigentliche Mama. Wir stiegen aus und öffneten die Haustür. Ich erschrak. Auf den Fliesen sahen wir ein paar Bluttröpfchen.

„Lakritze? Wo bist Du?", rief ich nervös.

Verschlafen tapste das kleine Mopsmädchen uns in der Küche entgegen. Dort fanden sich weitere Bluttröpfchen. Lakritze leckte sich am Genitalbereich und ich war absolut fassungslos. Lakritze war läufig. Zum ersten Mal. Was für eine absurde Situation. Ein Hund stirbt und der andere Hund ist im selben Moment soweit, dass er Welpen bekommen könnte. Wie nah lagen doch Leben und Tod beieinander in diesem schicksalshaften Moment. Unbegreiflich.

Ich nahm Lakritze auf den Arm. Die Blutstropfen störten mich nicht im Geringsten. Meine Trauer um Eule war unendlich, aber die kleine Lakritze brauchte uns und unseren Schutz.

An diesem Vormittag putzte und wischte ich das ganze Haus und machte alles fertig für unser Leben mit Lakritze. Ich trug Eules Sitzsack und ihren Fress- und Trinknapf hoch auf den Dachboden. Ich packte Ihre Medizin in einen Karton, der ebenfalls oben landete. Wegwerfen konnte ich die Sachen nicht. Und ich übergab Eules Spielzeug an Lakritze. Gemeinsam legten wir es in ihre Spielkiste. Gerne hätte ich alles bis an unser Lebensende unverändert gelassen, damit keine Erinnerungsspur verschwindet. Ich konnte aber meinen Schmerz nicht ertragen und musste irgendwie klar Schiff machen, um die neue Situation, unser Leben nur mit Lakritze, anzunehmen.

Gegen Mittag kam mein Mann mit den Kindern nach Hause. Ich hatte schon fast eine Stunde vorher begonnen, Selbstgespräche zu führen. Hatte Formulierungen gesucht, um Eules Tod irgendwie kindgerecht in Worte zu fassen.

Ich nahm Lakritze auf den Arm. Wir warteten an der Haustür. Die Kinder stiegen aus, etwas verheult. Sie waren aber jetzt sehr gefasst. „Wir wissen schon Bescheid. Papa hat uns alles gesagt" riefen sie. Ich war erleichtert. Das hatte mein Mann aber wohl sehr einfühlsam gemacht. Die Kinder begrüßten Lakritze und stellten ihr Spielzeug im Flur ab. Beide setzten sich aufs Sofa. Sicher merkten sie, dass Eules Sitzsack fehlte. Ich übergab den beiden die kleine Lakritze und sagte: „Die Kleine braucht uns jetzt. Wir wollen uns ganz viel um Lakritze kümmern, ok?" Beide streichelten und knuddelten Lakritze sofort und mein Sohn holte ihr Spielzeug aus der Kiste. Lakritze genoss die Aufmerksamkeit und den Kindern tat es gut, die Kleine zu betudeln.

Mein Mann und ich verarbeiteten unsere Trauer sehr unterschiedlich. Ich hörte sentimentale Klavierballaden und konnte weinen. Mein Mann konnte nicht verstehen, wie ich mir ausgerechnet jetzt diese traurige Musik antun konnte.

Hundemüde, aber aufgewühlt von den unfassbaren Erlebnissen, lagen wir abends im Bett. Ich hatte Angst, die Augen zu schließen, denn ich kriegte die Bilder des Tages einfach nicht aus dem Kopf. Unsere Kinder waren schon eingeschlafen. Ich schloss die Augen und versuchte ebenfalls, Ruhe zu finden. Das Nachtlicht war schon aus. Ich lag im Dunkeln und döste nach dem anstrengenden Tag doch langsam weg. Meinem Mann ging es neben mir ebenso. Ich glaube, wir waren tatsächlich kurz eingeschlafen. Plötzlich riss uns ein gewaltiges Geräusch schlagartig aus dem Schlaf. „Was ist das?" Ich war erschrocken. Über uns auf dem Dachboden waren Schritte. Laute Schritte stapften durchs Dachgeschoss, das nur über eine Leiter durch eine jetzt verschlossene Luke zu erreichen war, Sie stapften nicht, es war ein Laufen bis Galoppieren. Es hörte sich an ... ich kann es nicht aussprechen ...aber es hörte sich an, wie ein großer Hund, der über den Dachboden rannte.

„EULE!", schrie ich. Das ist doch Eule! Ich höre sie doch!" Neben den vermeintlichen Hundeschritten und meinen Rufen gab es plötzlich noch ein weiteres Geräusch. Es kam unten aus dem Flur und klang hilflos in höchster Not. Ein Schnarchen, und Röcheln, dass mir das Blut in den Adern gefrieren ließ. „LAKRITZE!!!", schrie ich und jagte zusammen mit meinem Mann die Treppe hinunter. Die kleine schwarze Lakritze saß aufrecht in dem dunkeln Hundekorb-Pool, starrte panisch mit ihrem leicht schielenden Mopsblick und rang nach Luft. Ich griff die Kleine und nahm sie auf den Arm. Mein Mann holte ihre Nasentropfen und säuberte die Atemwege so gut es ging. Nur langsam erholte die Kleine sich. Erschöpft hing sie in meinem Arm. Um Lakritze und vor allem mich zu beruhigen, wiegte ich die Kleine sachte im Arm und sang das Kinderlied La-le-lu, bis Lakritze eingeschlafen war. Sachte legten wir sie auf die rote Decke im Hundekorb. Lakritze schlief sofort tief und fest. Wir schlichen auf Zehenspitzen hoch in unser Bett. Jetzt erst sah ich, wie die Hände meines Mannes zitterten. Ich blickte ihn an und sagte ganz ruhig:

„Eule hat Lakritze geholfen. Sie hat uns geweckt und Lakritze das Leben gerettet." Danach fiel ich in einen tiefen, ruhigen Schlaf.

Als mein Mann und ich am nächsten Morgen das Frühstück vorbereiteten, überlegten wir zusammen, ob die nächtlichen Geräusche auf dem Dachboden von einer Maus, einer Ratte oder einem Marder kommen konnten. Wir wussten beide, dass all diese Tiere anders klangen. Eine sachliche Erklärung haben wir bis heute nicht gefunden.

An diesem Sonntagmorgen, gut 24 Stunden nach Eules Tod, machten wir alle zusammen mit Lakritze einen Ausflug an den See unseres Nachbarortes. Die Nacht steckte uns noch in den Knochen, aber Lakritze war unternehmungslustig und zugleich verschmust wie immer. Viele Spaziergänger waren dort regelmäßig mit oder ohne Hund unterwegs. Am idyllischen See oder dem Kanal dahinter. Am Nebensee mit aufgeschüttetem Sandstrand war es morgens noch sehr leer und wir ließen Lakritze freilaufen. Zusammen mit den Kindern flitzte die Kleine im weichen Sand. Man hörte sie atmen und manchmal schnarchend schnaufen. Lakritze schien aber so glücklich, dass sie übermütig weiterlief. Die Kinder rannten barfuß ans Wasser. Lakritze rannte hinterher und sprang bei jedem Wasserspritzer zurück. Ausgelassen jagte sie über den Sandstrand und drehte in Höchstgeschwindigkeit ihre Runden. Sie hatte ihre „verrückten fünf Minuten", wie wir solche Stimmungsausbrüche zu nennen pflegten.

„Lakritze liebt Wasser und Sand!“, jubelten die Kinder. Es war schön, die Kids nach Eules Tod in diesem Moment so ausgelassen zu sehen.

Ich freute mich schon auf die gemeinsamen Nordsee-Urlaube mit Lakritze. Die Kleine würde es genießen. Diese Perspektive tat uns allen gut.

Auf dem Rückweg zum Auto mussten wir Lakritze zuletzt tragen. Sie war total erschöpft, schnaufte und schnarchte und setzte sich ständig hin, um Pausen zu machen. Zu Hause kostete es sehr viel Mühe, um ihre Nasenfalte wieder vom Sand zu befreien und zu cremen. Lakritze fraß und lag danach für Stunden überaus zahm und platt auf ihrem Sitzsack. Ich beobachtete die Kleine und meine Nordsee-Vorfreude wurde gestört durch Sorge und Angst.

Zwei Tage nach Eules Tod fand ich Post vom Tierarzt in unserem Briefkasten. Ich eilte über den Hof zurück ins Haus und öffnete mit zittrigen Händen den Brief. Vor mir lag die tierärztliche Bescheinigung zu Eules Tod.

Oben genanntes Tier wurde am 26.7. 2014 von uns schmerzlos eingeschläfert.

Nun hatte ich die Tatsache, dass Eule nicht mehr lebte, noch einmal schwarz auf weiß. Hoffentlich nicht nur schmerzlos, sondern auch angstfrei, schoss es mir durch den Kopf. Wir finden darauf keine Antwort. Von den Tieren und Menschen, die schon gegangen sind, ist noch niemand zurückgekehrt, um uns aufzuklären.

Auch vom Rosengarten kam die Rechnung per Post. Eules Körper war also nun im Kleintierkrematorium verbrannt worden, und ihre Asche lag im Streubeet im schönen Rosengarten. Auf der Rechnung stand eine bittere Zahl: Magere 23 Kilo wog unsere Berner Sennenhündin Eule nur noch, als sie im Rosengarten ankam. Diese Zahl war für mich ein Stich mitten ins Herz. Sie trieb mir die Tränen in die Augen. Ich nahm die kleine Lakritze auf den Arm und setzte mich mit ihr in den Garten auf die Bauwagentreppe.

Immer noch sah ich Eule durch den Garten laufen und auf ihrem letztgewählten Platz unterm Bauwagen liegen. Dass das auch in Zukunft so sein würde, war mir zu dem Zeitpunkt nicht bewusst.

Als mein Mann nach Hause kam, zeigte ich ihm den Brief. Auch er hatte Angst vor dem Besuch im Rosengarten, stimmte aber direkt zu.

Drei Tage später machten wir uns mit den Kindern und Lakritze auf den Weg. 50km fuhren wir Fünf mit dem Bulli über Bundes- und Landstraßen, bis wir in sehr ländlichem Außenbereich vor dem Rosengarten parkten. Ein großes, herrschaftlich anmutendes Anwesen mit roten, stolzen Backsteingebäuden begrüßte uns mit strahlendem Sonnenschein und Vogelzwitschern. Wir leinten Lakritze an und folgten dem Hinweisschild zum Eingang. Es ging über den Hof – gefühlt Kopfsteinpflaster – auf einen Nebenweg zu, der über eine kleine Holzbrücke direkt in den Rosengarten führte. Wir betraten die kleine Brücke und blickten runter auf einen Teich, in dem quirlige Karpfen schwammen. Jedes Detail schien im Einklang mit der Natur und ich wurde angenehm ruhig.

Wärmende Sonne, Vogelzwitschern, das Plätschern eines kleinen Wasserfalls am Teich und eine Vielzahl an Rosen und bunten Blumen in einem großen Wundergarten. Sand und Kieswege luden uns zum Spaziergang ein. Wir folgten dem Weg, der uns zum Streubeet führen sollte. Am Wegesrand sah man hier und da Holzbänke und Sitzecken, wo man pausieren und seinen Gedanken und seiner Trauer sicherlich in alle Ruhe freien Lauf lassen konnte. Lange hätte ich in diesem Märchengarten flanieren und philosophieren können, aber wir hatten hier ein konkretes Ziel: Wir liefen in Richtung Streubeet „zu Eule". Wir folgten dem Weg hinter der Brücke, der – wie man mir am Telefon sagte- direkt zum Streubeet führte, auf dem Eules Asche zusammen mit der anderer Artgenossen lag. Auf dem Weg dahin schauten mich auf den Fotos am Wegesrand Hunde und Katzen an, die ebenfalls tot waren und von Menschen vermisst wurden. Der Rosengarten bietet auch diese Möglichkeit einer Einzelkremierung an, bei der das verstorbene Tier zunächst für einen Abschiedsbesuch feierlich aufgebahrt wird. Ich hatte zu Hause am PC ein Foto gesehen, wo ein toter, schwarzer Hund auf einem Tisch mit roter Decke, Blumen und einem Teddy in den Pfoten aufgebahrt war. Die Kulisse schien einer Kapelle ähnlich. Umrahmt wurde das feierlich aufgebahrte Tier von dezentem Blumenschmuck. Ich war gerührt und wusste gleichzeitig, dass wir diesen Gang zur Verabschiedung niemals schaffen würden. Das Bild des fremden Hundes, der ebenfalls schwarzes Fell hatte, trieb mir schon am Computer die Tränen in die Augen. Der Teddy, den er im Arm hielt, war wahrscheinlich sein eigener gewesen. So, als hätte Eule dort mit Schmusi gelegen. Niemand von uns hätte diesen Anblick ertragen und je vergessen können.

Auf dem Weg zum Streubeet wurde mir nun doch mulmig. Mein Herz klopfte mir bis zum Halse, als wir die letzte Kurve nahmen und dann vor einem großen oval förmigen Platz standen, der eine Stufe tiefer lag als unser Standort.

Ich sah Blumen, Kuscheltiere, Gedenkschilder so wie brennende und nicht brennende Grablichter in verschiedensten Formen und Farben auf der Asche im und am Streubeet stehen. Durch das Beet führen Trittsteine. Trotzdem hätte ich Hemmungen, auf den Trittsteinen durch das Beet zu schreiten. Angst, etwas kaputt zu machen oder daneben in die Tierasche zu treten. Die ganze Anlage sah sehr sauber und idyllisch aus. Ich war überrascht, dass die Asche weiß war. Hatte mich freiwillig nie damit beschäftigt. Themen rund um den Tod waren mir unheimlich. An diesem strahlend hellen Ort empfand ich nicht so, aber der Verlust war noch so frisch, dass ich schlucken musste. Ich nahm meine weinende Tochter in den Arm und wir ließen die Tränen kullern. Meine Männer trauerten auf ihre Art und Weise. Sie zogen sich vom Streubeet zurück, denn es war hier zu schwer für sie, den Verlust zu ertragen. Gemeinsam spazierten sie schon vor durch den Park. Ich wusste vorher nicht, dass dieser Ort so persönlich sein würde, dass die Trauernden Kerzen, Fotos, Kuscheltiere und Gedenkschilder aufstellten. Ich versprach Eule, bald wiederzukommen, um für sie ein schönes Gedenkschild aufzustellen und sie zu besuchen. Dann gingen wir Frauen ebenfalls los. Unsere Männer hatten Lakritze bereits mitgenommen. Am Streubeet hatte die Kleine etwas gejammert und fühlte sich sichtlich unwohl. Was spürt und weiß ein Hund?

Die Männer warteten auf uns und wir gingen gemeinsam weiter, Ich bewunderte die Vielfalt an Blumen und Farben, die Wärme ausstrahlte. Eigentlich ist Gartenarbeit absolut nicht mein Hobby. Blumenbeete nach Maß, ein raspelkurzer Rasen und 3 x pro Woche ausgiebiges Unkrautjäten, damit alles sauber aussah: Das ist nicht mein Ding. In unserem Garten haben Löwenzahn und Unkraut nicht sofort verloren. Beete, in denen bunte Blumen nach Sorten symmetrisch zueinander angeordnet sind, wie man es oft in Siedlungen vorfindet, finde ich langweilig. Korrekt, aber nicht überraschend. Ich verzichte auf viele bunte Blumen allein schon freiwillig, weil mein Sohn eine Wespenallergie hat. Ich liebe Naturgärten mit Gräsern und Bambus. Zu meinen Lieblingsplätzen zählen schlichte Sanddünen. Der „Sandstrand", den wir unter und um unserem Bauwagen im Garten angeschüttet haben, könnte gerne noch viel größer sein.

Trotzdem beeindruckte mich auf Anhieb die Wirkung des Rosengartens, denn er strahlt eine positive Energie aus und hatte nichts von einem Friedhof.

Unser Spaziergang führte uns zu einer hohen Pyramide aus Holzbalken. In der Esoterik heißt es, dass die Pyramide im Zentrum kosmische Energie sammelt. Die Mitte ist somit ein Kraftzentrum. Das Energiezentrum. Ein schönes Bild, fand ich. Momentan wirkten so viele neue Erfahrungen auf mich ein, dass ich mit dem Verarbeiten gar nicht hinterherkam. Wir gingen in die Mitte des Pyramidengebildes aus Holzstangen. Dann setzten wir das Lakritzchen ins Zentrum und bildeten um die Kleine einen Kreis, in dem wir vier uns an den Händen fassten. Ein paar Sekunden hielten wir so inne und Eule dürfte viele Grüße von uns bekommen haben. Ein schönes Familiengefühl. Im ersten Moment konnte ich mich schlecht darauf einlassen und dachte schmunzelnd an die Geisterbeschwörungsversuche, die wir als Teenies bei Kerzenlicht und mystischer Musik mehr oder weniger erfolgreich praktiziert hatten. Aber dann fühlte ich es. In diesen intensiven Tagen, die mein Herz so berührten, wunderte ich mich über nichts mehr.

Zuhause setzte ich mich sofort an den PC, um im Internet ein passendes Gedenkschild für Eule zu suchen. Ich fand eine kleine schwarze Schiefertafel mit wasserfester, weißer Lasergravur. Auf

der Tafel waren zwei Hundpfoten eingraviert. Der Text darüber: „Bella, wir vermissen Dich". In der Vorlage zum Ausfüllen ersetzte ich Bella durch Eule und schickt die Bestellung ab. Nur 4 Tage später kam unser Gedenkschild an. Mein Mann hatte das Päckchen geöffnet und direkt wieder zugedeckt. Der Anblick schmerzte ihn zu sehr. Das kleine Schild von 20x15 cm hatte eine große Wirkung. Es war schlicht und doch so persönlich. Ich war sehr ergriffen und gerührt.

Am kommenden Samstag saßen wir erneut im Auto auf dem Weg zum Rosengarten. Wir liefen wieder über die Holzbrücke den idyllischen Weg bis zum Streubeet. „Eule, da sind wir wieder." Dieses Mal war ich angespannter. Lakritze jammerte kurz und wollte sich vom Ort entfernen. Wir blieben mit ihr da und sie wurde ganz still. Die Kinder suchten eine passende Stelle aus und wählten einen Platz gegenüber am äußeren Rand des eingelassenen Streubeetes. Dort stellten die Kinder das Gedenkschild auf und lehnten es an die Kante des Streubeetes an, so dass man es gut betrachten konnte. Aus ihren Taschen kramten unsere Kinder hübsche Muscheln und Steinchen, die sie zu Hause aus ihrer Sammlung für Eule ausgewählt hatten. Es brach mir das Herz, als sie mit ihren Mitbringseln den Gedenkort für Eule schmückten. Weinend kamen beide dann zu uns zurück. Wir gingen weiter durch den Park, um uns zu beruhigen.
Auf der Rückfahrt waren wir alle sehr still.

Das Ferienende rückte langsam näher. In der vorletzten Woche unternahmen wir einen Tagesausflug. Für die Kids eine

Ablenkung, die wir auch gut gebrauchen konnten. Ziel war der Dinopark, wo wir schon einmal mit Eule waren. Dort können Hunde an der Leine wunderbar mit durch den Park laufen. Es war sehr warm und es war schon morgens etwas schwül. Lakritze genoss die vielen Streicheleinheiten der Kinder während der Fahrt. Sie war aber auch ruhig und still und schlief zwischendurch längere Zeit ein. Wir hatten uns an das Schnarchen einfach gewöhnt, glaube ich. Eules qualvolle Leidenszeit steckte uns noch in den Knochen.

Lakritze war so menschenbezogen und freute sich immer sehr, wenn sie mit uns zusammen war. Trotz der Anstrengung spazierte die Kleine beherzt mit uns durch den Park der Dinostatuen. Erst recht aber genoss sie die lange Pause auf meinem Schoß, während unsere Kinder Fossilien präparierten, Steinzeitschmuck bastelten, bei der Goldwäsche mit Sieb ihr Glück versuchten und auf Schatzsuche gingen, um kostbare Halbedelsteine und Haifischzähne zu entdecken. Immer wieder gaben wir Lakritze Wasser. Es war ein richtig warmer Sommertag im August.

Zum Schluss ging mein Mann mit den Kids in den Souveniershop, wo Dino-Kuscheltiere, Fossilien, und Bastelsets warteten. Währenddessen lief ich langsam mit Lakritze los in Richtung Parkplatz. Es war schwül und staubig. Lakritze streikte. Sie setzte sich in den Sand, japste nach Luft, röchelte, schnarchte und blickte panisch. Mein Herz klopfte mir bis zum Halse. Zuviel war passiert innerhalb der letzten drei Wochen. Ich rief meinen Mann im Shop an. Er versprach, dass die drei sich beeilten. Ich gab Lakritze noch etwas Wasser und feuchtete ihr Näschen und ihr Fell an. Dann nahm ich die Kleine auf den Arm und setzte mich mit ihr auf einen Baumstamm im Schatten.

Kleine Lakritze, ich mache mir Sorgen!

Du und ich, wir vermissen die Eule und ich mache mir große Sorgen und habe Angst, weil es Dir auch nicht gut geht!

Als wir alle wieder im Auto saßen und die Luft kühler wurde, schlief Lakritze sofort ein. Ihr Atmen und die gelegentlichen Schnarchgeräusche machten mich nervös. Ich stellte die Radiomusik etwas lauter.

Einen Tag später machten wir morgens unseren Sonntagsspaziergang in den Feldern des Nachbarortes. Es war schon recht warm und etwas schwül. Lakritze liebte es, wenn wir alle zusammen waren, aber heute war sie sehr angestrengt. Nach kurzer Zeit machte Lakritze schlapp. Sie blieb einfach am Rande eines Stoppelfeldes sitzen, hechelte, schnaufte und schnappte nach Luft. Ich sah, dass ihre Zunge blau war.

Es war uns allen aufgefallen. Erschrocken nahm ich die kleine Lakritze auf meinen Arm und trug sie den ganzen Weg bis zum Auto. Wir gaben ihr zu trinken und stiegen ein, um auf direktem Wege nach Hause zu fahren.

„Morgen früh mache ich einen Termin in der Tierklinik.", sagte ich meinem Mann. Heute war Sonntag und am Mittwoch würde für beide Kinder die Schule wieder beginnen. Mit meinem Sohn würden wir in der Aula den Schulwechsel feiern.

Ich musste Lakritzes Termin aber vorher machen. Wir konnten nicht mehr warten.

Am nächsten Morgen rief ich früh in der Tierklinik an und bekam noch am selben Tag einen Termin. Meine Tochter begleitete mich. Sie war noch nicht in der Tierklinik gewesen und bemerkte auch direkt, wie freundlich das Team dort auf uns zukam. Schon nach kurzer Zeit begrüßte uns die Ärztin, die Lakritzes Erstuntersuchung vor gut vier Monaten übernommen hatte. Freundlich, aber bestimmt erklärte sie uns, dass die Lage sehr ernst sei. Lakritze müsste schnellst möglichst operiert und von ihrer schweren Atemnot befreit werden. Es war Montag und für Donnerstag bekamen wir einen Termin. Morgens nach Schulbeginn würden wir Lakritze bringen, um ihr zu helfen. Mit einem Schreiben der Ärztin würde unsere Versicherung diese rassetypische Operation sogar komplett übernehmen. Ich war angespannt, aber nicht sehr ängstlich. Mich überkam fast ein Gefühl der Erleichterung. Wir standen nicht ohnmächtig und machtlos vor Lakritze und ihrem Schicksal. Es war ein gutes Gefühl, Lakritze helfen zu können. Im Gegensatz zu Eules Schicksal hatten wir eine Perspektive. Hoffnung kann für den Moment wirklich Berge versetzen. Wir konnten Lakritzes Leben retten. Fast positiv gestimmt verließ ich mit meiner Tochter und Lakritze die Klinik. Wir waren frohen Mutes, weil wir dieses Mal nicht tatenlos zusehen mussten, wie unser Hund leidend und chancenlos in die Knie ging.

Wir ließen Lakritze den Restmontag und Dienstag zu Hause ruhig entspannen. Die Kinder genossen mit ihr die letzten beiden Ferientage und hatten Lakritze oft ruhig auf ihrem Schoß liegen, damit sie schlafen konnte oder umkuschelt wurde.

Der Mittwoch rückte an. Wir alle machten uns fertig für den ersten Schultag. Beim Frühstück blickte ich melancholisch auf meine Kinder, die mit Riesenschritten groß wurden. Meine Tochter war gespannt auf die neuen Lehrer in der Klasse 7 und mein Sohn noch aufgeregter, denn für ihn war alles neu. Wenn das jüngste Kind die Schule wechselt, ist das für die Eltern wirklich ein großer Schritt. Wir ließen nun die Grundschule komplett hinter uns wie schon 4 Jahre zuvor den Kindergarten. Ein stolzer Moment, der uns aber auch nicht jünger machte, musste ich schmunzelnd feststellen. Ich freute mich für die Kinder, weil neue Eindrücke auf sie warteten. Eine Achterbahn der Gefühle hatten beide in den Ferien hinter sich. Auch wenn Kinder bewundernswerterweise so manches mit Bravour meistern, war der Verlust von Eule doch ein einschneidendes Erlebnis.

Gut, dass sie jetzt wieder Abwechslung hatten und viele neue Eindrücke sammeln würden, um Ablenkung von Eules Tod zu bekommen. Die Schulfeier mit unserem Sohn stimmte mich stolz und melancholisch. Zeit zum Nachdenken blieb nicht, denn direkt im Anschluss bekamen wir Eltern einen Stapel Bücher mit auf den Weg nach Hause. Im Treppenhaus trafen wir meine Tochter und klatschten gut gelaunt ab. Ich bin bis heute froh, dass beide dieselbe Schule gewählt haben. Gegen Mittag nach diesem ersten Schultag würden unsere Kinder gemeinsam mit dem Bus nach Hause kommen.

Mit Lakritze auf dem Arm klebte ich an diesem Mittag an der Fensterscheibe, denn der Schulbus fährt täglich direkt an unserem Haus vorbei.

Nachmittags erhob Lakritze sich plötzlich und wollte nach draußen in den Garten. Sie tapste durch die Küchentür und setzte sich aufrecht mit Blickrichtung zu mir in das Beet gegenüber. Sie jammerte kurz und musste sich plötzlich übergeben. Ich erschrak und dachte gleichzeitig:

„Oh nein! Ein Infekt? Hat sie sich in der Klinik was eingefangen? Oder was Falsches gefressen?"

Schnell rief ich meinen Mann an. Er kam direkt nach Hause und fuhr mit Lakritze zum Tierarzt. Vielleicht erreichte er ihn, obwohl mittwochs auch seine Praxis nachmittags geschlossen war. Auf keinen Fall wollten wir doch den so wichtigen OP-Termin verschieben müssen. Mein Mann klingelte an, denn die Praxistür war, wie erwartet, verschlossen. Nach kurzer Zeit kam unser Tierarzt aus dem Garten und schloss bereitwillig die Tür auf. Wir waren immer sehr dankbar dafür, dass der Tierarzt in dringenden Fällen mit viel Geduld auch in seiner Freizeit half. Er untersuchte Lakritze und konnte keinen Infekt feststellen. Ich freute mich über die Entwarnung.

Die Kinder knuddelten Lakritze an diesem Tag ganz ausgiebig und hatten sie ständig auf dem Schoß. Mit einem Gassispaziergang wollten wir die Kleine nicht mehr anstrengen und setzten uns ab und zu mit ihr im Garten in den Schatten. Auch abends fraß sie ganz normal. Von weiterem Erbrechen keine Spur. Das war dann auch die letzte Mahlzeit vor der OP.

...

Am nächsten Morgen, dem Tag der OP, mussten wir gar nicht aufpassen, dass Lakritze nüchtern blieb. Sie bettelte ungewöhnlicherweise nicht am Tisch, sondern lag ganz ruhig auf ihrem Platz. Als wäre ihr klar, dass sie nichts fressen durfte. Wir hatten den Eindruck, dass Lakritze wusste, dass da heute was auf sie zukam. Die Kinder knuddelten ihre Kleine zum Abschied, denn Lakritze würde eine Nacht in der Tierklinik bleiben müssen.

Mein Mann und ich gingen noch einmal mit Lakritze in den Garten. Dann mussten wir los. Ich setzte mich auf den Beifahrersitz und nahm Lakritze einfach auf meinen Schoß. Unterwegs kraulte ich sie und war dabei noch sehr ruhig.

Wir waren zu früh am Ziel und fuhren nebenan auf einen Supermarkt-Parkplatz. Mein Mann stieg aus, um uns zwei „Coffee to Go" zu holen. Lakritze jammerte und klebte am Autofenster, als er weg war. Sie bellte ihm heiser hinterher. Sie reckte und streckte sich angestrengt und wäre ihm anscheinend am liebsten durchs Fenster hinterhergesprungen. Erst, als mein Mann wieder da war, wurde sie ruhig und legte sich entspannt hin. Es schien ihr wichtiger denn je, dass sie ihre Schäfchen beisammen hatte. Ich trank den noch sehr heißen Kaffee nur halb und sparte mir den Rest für „danach".

Wir fuhren auf den Parkplatz der Tierklinik und meine Ausgeglichenheit ließ mich im Stich. Mein Herz klopfte mir bis zum Halse. Lakritze pinkelte noch einmal kurz an einen Busch und schnüffelte ausgiebig.

Der Weg zum Eingang war mir mittlerweile vertraut.

Der Weg, den meine Tochter und ich vor drei Tagen mit Lakritze gelaufen waren. Der Weg, den ich einige Wochen zuvor mit Eule gegangen war.

Der Weg, den ich danach mit Eules Schockdiagnose zurück zum Auto lief.

Wir gingen mit Lakritze durch die Eingangstür ins Foyer. und das Personal an der Rezeption begrüßte uns freundlich wie immer. Ich entspannte mich etwas. Lakritze wurde noch einmal untersucht. Das Ergebnis: OP-tauglich. Nach kurzer Wartezeit bat unsere Tierärztin uns in das Behandlungszimmer. Dort würde Lakritze die erste Spritze vor der OP bekommen. Mein Mann wartete im Foyer. Nach Eules Einschläfern vor nicht einmal vier Wochen saß der Schock noch zu tief. Tapfer setzte ich Lakritze auf den Behandlungstisch. Ich erzählte der Ärztin, dass wir gerade unsere Berner Sennenhündin Eule verloren hatten. Ich erzählte von der Chronischen Niereninsuffizienz und ich erzählte ebenso, dass ich mit Eule auch einmal hier gewesen war. Die Ärztin reagierte betroffen, sagte aber direkt mit motivierenden Worten, dass wir ja nun hier wären, um Lakritze zu helfen.

Dann wurde die Tierärztin plötzlich herausgerufen und verabschiedete sich für einen kurzen Moment. Dieser Moment wurde für mich zur halben Ewigkeit. Glücklicherweise hatte ich so Zeit, mit Lakritze zu kuscheln und hielt sie auf dem Behandlungstisch fest. Lakritze witterte jeden Hund, der draußen ins Foyer kam. Unsere Kleine gab alles und bellte sich heiser die Seele aus dem

Leib. Zwischendurch leckte sie mir euphorisch quer durchs Gesicht.

„Ich hab Dich auch lieb", antwortete ich und knuddelte Lakritze. Mit hellseherischen Fähigkeiten hätte ich ab diesem Zeitpunkt nie wieder mein Gesicht gewaschen.

Irgendwann kam die Ärztin zurück und mein Herz sackte mir nun doch in die Hose. Ich hielt unsere Kleine fest, während sie die Schlafspritze bekam. Es blutete und Lakritze jammerte kurz, schaute mich mit ihren großen Augen an und war im nächsten Moment eingeschlafen. Ich atmete tief durch, um Haltung zu bewahren und hätte gerne Lakritzes Blut aufgewischt, um irgendetwas zu tun. Die Ärztin trug unsere Kleine Richtung OP. Wir gaben ihr Lakritzes rote Decke und Eselchen mit. Lakritzes Stofftier, damit sie sich ohne uns sicher fühlte und etwas Vertrautes hatte, das nach ihrem Zuhause roch, solange sie in der Klinik bleiben musste. Gerne wäre ich auch geblieben und hätte neben Lakritze gesessen, bis mein Mann uns abholen durfte. Sicherlich hätten die Ärzte dann mehr Stress mit dem Menschen als mit dem Tier. Ich atmete tief durch und wir verließen die Klinik. Die Ärztin wollte sich direkt nach der OP melden.

Auf dem Rückweg wurden wir beide etwas entspannter. Wir hatten gerade einen wichtigen Schritt getan für unser gemeinsames Leben mit Lakritze.

Liebe kleine Lakritze, bald hast Du genug Luft zum Toben und Kuscheln! Wir werden das Leben zusammen genießen.

Qualzucht ist ein böses Verbrechen. Wir werden Dir helfen.

Zu Hause angekommen fuhr mein Mann weiter zur Arbeit. Ich warf im Haus einen kurzen Blick auf den leeren Anrufbeantworter. Dann stieg ich in mein Auto, um mir bei meinem ca. 20 km entfernten Arzt ein neues Rezept für meine Schilddrüsentabletten zu holen. Noch war die Packung nicht ganz leer, aber so konnte ich mir Ablenkung verschaffen und würde nicht die ganze Zeit fix und fertig im Haus auf- und ablaufen und auf den Anruf der Klinik warten.

Mein Handy lag neben mir. Ich fuhr geradeaus über die Bundesstraße. Dabei hörte ich die wunderbaren Klavierballaden von Valenthin Engel.

In meiner Kindheit hatte ich Klavierunterricht. Im Literaturstudium und dann Berufs- und Familienalltag ging die Zeit und Muße zum Spielen verloren. Seit einiger Zeit übte ich aber wieder, vorrangig emotionale Balladen.

Das Stück „Abendrot" dieses Komponisten ertönte nun von CD in meinem Auto und berührte mein Herz. Noch intensiver als sonst.

Ich wusste nicht, was mir dann geschah: Plötzlich liefen mir beim Fahren die Tränen über die Wangen. Mir wurde ganz flau und ich hörte mich laut rufen:

„Eule! Kannst Du bitte mal kommen und Lakritze helfen?
Bitte Eule!"

Ich heulte wie ein Schlosshund und verstand die Welt nicht mehr.

Jetzt musste ich wohl komplett durchgeknallt sein. Aber was war hier eigentlich in letzter Zeit noch normal?

Ich sammelte mich und fuhr noch mindestens viermal an der Arztpraxis vorbei, um nicht mehr so verheult auszusehen. Die Arzthelferin schaute mich etwas besorgt an, nahm aber kommentarlos meine Rezeptbestellung entgegen. Ich musste kurz im Wartezimmer sitzen, damit das Rezept die Unterschrift des Arztes bekam.

Als ich mit dem Rezept dann endlich die Arztpraxis verließ, klingelte plötzlich mein Handy. Mein Herz blieb für einen Moment stehen. Ich sprang ins Auto und meldete mich. Ab da konnte ich das Zittern meiner Hände nicht mehr stoppen. Es war unsere Tierärztin. Ich hörte ihre angespannte Stimme:

„Es tut mir leid, aber ich habe ganz schlechte Nachrichten. Lakritzes Krankheit war so weit fortgeschritten, die Veränderungen so extrem, wie ich es noch nicht gesehen habe. Wir haben alles probiert, aber letztendlich hatte sie einen Herzstillstand. Sie hat es nicht geschafft. Es tut mir so leid. Sie haben ja gerade noch die Eule verloren…"

Ich kann die genauen Erklärungen der Tierärztin nicht mehr wiedergeben.

Meine Hände zitterten und fingen an zu kribbeln.

Meine Ohren rauschten. Ich war kurz vorm Hyperventilieren.

Ich stammelte noch irgendwie ins Telefon, dass ich keine Kraft hätte, um Lakritze abzuholen. Dass wir das so machen wie bei Eule. Dass jemand vom Rosengarten kommen würde, um sie dorthin zu überführen.

Noch einen wichtigen Satz kriegte ich hin:

„Bitte geben Sie dann Lakritze Eselchen mit!"

Mehr blieb nicht zu sagen. Ich bedankte mich.

Viel später, als ich den ausführlichen Bericht der Tierärztin bekam, erkannte ich, dass in genau dem Moment, als ich auf dem Hinweg plötzlich weinte und Eule um Hilfe rief, die kleine Lakritze starb.

Da saß ich nun also allein im Auto vor der Arztpraxis. Ganz allein mit meinem Ohrenrauschen, meinen kribbelnden Händen und meinem Scherbenhaufen ehemaliger Hoffnung. Nicht nur allein, sondern ganz klein fühlte ich mich inmitten dieser großen Katastrophe. Ich überlegte, in die Arztpraxis zurückzugehen. Ich befürchtete aber erstens, dass man mich dann einliefern würde und zweitens, dass ich den Weg über die Straße durch die Praxistür erst gar nicht schaffen würde. Ich rief meinen Mann an und heulte und schrie: „Lakritze ist tot!"

Ich hörte nur sein schmerzverzerrtes „Nein!". Ein paar Bruchstücke der Erklärung kriegte ich heraus.

„Fahr ganz vorsichtig!", hörte ich meinen Mann.

Er wollte direkt nach Hause fahren und dort auf mich warten. Ich rief noch kurz meine Eltern an und machte mich dann tapfer auf den Weg. Ich war neidisch auf alle Autofahrer, die immer gut versorgt eine Flasche Wasser bei sich trugen. Ich musste mir unterwegs an der Tankstelle unbedingt Wasser und am besten Traubenzucker holen. Gut, dass ich an meine Sonnenbrille gedacht hatte. So wie ich aussah, hätte man mir in der Tanke sofort einen Rettungswagen gerufen. Auf dem Rückweg wählte ich die unkomplizierte Geradeausstrecke der Autobahn. Kurz vor der

Auffahrt kam eine Tankstelle. Ich wollte gerade abbiegen, Da brach plötzlich ein Bügel meiner Sonnenbrille ab. Das Schräubchen hatte sich wohl ausgerechnet in diesem Moment gelöst. Ich blickte in den Spiegel, schaute in ein rot-blass geflecktes Zombiegesicht mit Augenringen und fuhr – ohne Getränk - geradewegs auf die Autobahn.

Es war heiß und stickig in meinem Auto ohne Klimaanlage.

Oh Gott, Lakritze hatte nie Schnee kennengelernt!

Diese traurige Erkenntnis kam mir gerade jetzt in den Sinn.

Wie schade! Sie hätte Schnee geliebt.

Im Radio suchte ich das langweiligste Programm, das ich finden konnte. Ablenkung gab es mir nicht. Die Hände kribbelten, meine Ohren rauschten noch und ich fing wieder an zu weinen, als mir einfiel, dass kurz nach Mittag die Kinder nach Hause kommen würden. Und das am zweiten Schultag nach den Sommerferien. Ich verbot mir weitere Gedanken, was die Sache nur noch schlimmer machte. Krampfhaft versuchte ich, während der Restfahrt etwas Unspektakuläres zu tun, um irgendwie mental herunterzufahren. Ich zählte auf Englisch bis 100 und auf Spanisch rückwärts bis null. Zu Hause war ich immer noch nicht. Aber schon nahe dran. Ich bog in unsere Straße ein und ignorierte bekannte Gesichter am Straßenrand. Das Auto meines Mannes stand schon vor der Tür. Ich stellte den Motor ab, atmete kurz durch und blieb sitzen. Dann wagte ich den Gang und schloss die Haustür auf. Mein Mann kam mir entgegen, nahm mich in die Arme und wir weinten gemeinsam. Ich legte mich aufs Sofa, denn ich hyperventilierte wieder. Mein Mann gab mir Wasser. Ich kam langsam zur Ruhe.

Ausführlich konnte ich noch nicht vom Anruf der Ärztin berichten, aber das war auch egal. Lakritze war tot. Keine vier Wochen nach Eule.

Wir gingen hoch und mein Mann rief mit zitternder Stimme den Tierbestatter an, der Lakritze von der Tierklinik abholen und mit samt Decke und Eselchen zum Kleintierkrematorium des Rosengartens bringen sollte.

„Machen Sie es genau so wie bei unserer Eule vor gut drei Wochen. Unsere Anschrift haben sie ja noch."

Mein Mann rief auch die Tierklinik an, um noch einmal zu bestätigen, dass Lakritze samt Decke und Eselchen abgeholt und zum Kleintierkrematorium des Rosengartens überführt würde. Erschöpft gingen wir nach unten und machten uns einen Tee.

Ich schrieb eine kurze e-mail an meinen Schwestern:
Lakritze hat es nicht geschafft...
Mehr war nicht zu sagen. Ich bekam tröstende Worte zurück. Nach Eules Tod konnte ich nicht stillsitzen. Am 26. Juli 2014 putzte ich das Haus und wuselte herum, um den Schmerz nach Eules Tod wegzuwischen. Erfolglos, aber das mit Energie. Jetzt schrieben wir den 21. August 2014. Lakritze war vor 3 Stunden gestorben und ich war kraftlos zusammengesackt. Nichts ging mehr. Mein Mann und ich saßen auf dem Sofa und warteten einfach nur auf die Kinder. Vor der ersten Begegnung mit den Kindern nach Eules Tod hatte ich Angst. Jetzt, wo Lakritze plötzlich auch noch tot war, wusste ich gar keinen Ausweg. Ich versuchte, mir tröstende Worte für die Kinder zurechtzulegen, aber es gab keine Worte für das, was uns passiert war. Ich rieb mein Gesicht und erinnerte mich daran, wie Lakritze es heute morgen im Behandlungszimmer noch liebkost und geleckt hatte.

Zurückspulen ging nicht. Vorwärtsgehen wollte ich nicht.

Da hörte ich den Doppeldeckerbus der Kinder am Küchenfenster vorbeifahren. Wie gerne hätten wir ihnen diesen Moment erspart!
Uns war immer klar: Wer einen Welpen kauft, der kauft den Tod seines Hundes mit. Gute Hundekäufer überlegen vorher realistisch, ob sie im Normalfalle länger leben als ihr Hund und ihn bis zu seinem Tod begleiten können.
Dass bei uns ein doppelter Verlust der kompletten Familie den Boden unter den Füßen wegziehen würde, hätte wohl niemand von uns in seinen kühnsten Träumen geahnt.

Ich wartete auf die Kinder an der Tür und sie kamen herein und plapperten drauflos. Zusammen gingen wir ins Wohnzimmer, wo mein Mann stand. Die Kinder hörten schlagartig auf zu reden. Es war von einer Sekunde auf die andere mucksmäuschenstill im Raum.

„Was ist?", fragte meine Tochter ganz vorsichtig.

Mein Sohn schaute uns erschrocken mit großen Augen an.

Meinem Mann fehlten die Worte:

„Hm...es ist etwas Schlimmes passiert..."

Ich lieh mir die Worte der Tierärztin:

„Wir haben ganz schlechte Nachrichten. Lakritze hatte ja die OP und es war sehr anstrengend für sie."

Ich musste erst kurz durchatmen. Dann hörte ich meine Worte:

„Die Kleine hat es nicht geschafft."

„Nein!", schrie mein Sohn.

Meine Tochter fing herzzerreißend an zu weinen.

Wir alle schlossen uns an.

Dass uns so ein Schicksal verband, hätte ich uns allen gerne erspart.

„Lakritze ist jetzt bei Eule", versuchte ich zu trösten.

Da weinten beide Kinder nur noch mehr, denn ich hatte noch einmal daran erinnert, dass wir in kürzester Zeit beide Hunde verloren hatten.

Später versuchte jeder, irgendwie seinem Alltag nachzugehen. Die Kinder lenkten sich mit den ersten Hausaufgaben ab, riefen aber auch ihre Freunde an, um ihnen zu sagen, was passiert war. Dieser Austausch war wichtig und schien den Kindern zu helfen. Sie wirkten etwas gelöster. Der Schein trügte aber.

Als ich am späten Nachmittag ins Wohnzimmer kam, saß meine Tochter im Schneidersitz auf dem roten Teppich. Rechts und links neben sich rieb sie in kreisenden Bewegungen mit den Händen über die Teppichfransen.

„Hallo, alles gut?", fragte ich vorsichtig.

„Ja, Mama", antwortete meine Tochter seltsam ruhig.

„Ich kann hier nicht weg. Ich kraule doch Eule und Lakritze. Das haben sie ja so gerne. Eule und die Kleine lieben das. Siehst Du?"

Dieser rührende Anblick brach mir das Herz. Ich ließ sie gewähren und machte mir in der Küche einen Kaffee, um nicht im Wohnzimmer in Tränen auszubrechen.

...

Am nächsten Morgen bestellte ich für Lakritze auch ein Gedenkschild. Dieselbe kleine, schwarze Schiefertafel wie gerade noch für Eule.

Nur mit geänderter Aufschrift...

Was die Firma wohl dachte? Nach der kurzen Zeit schon wieder ein Trauerschild? Warum sollte man sich dort so viele Gedanken machen? Für uns war die Welt untergegangen. Andere müssen damit  ihren Lebensunterhalt verdienen. Gut, dass es so ein Angebot online mit Sicherheitsabstand gibt. Das macht uns diesen Schritt emotional leichter.

Als ich am nächsten Tag allein im Haus war, wurde die Leere sehr schnell unerträglich. Ich war froh, dass meine Mutter vorbeikam und zuhörte, während ich sicherlich ablief wie ein Wecker, um die schaurigen Erlebnisse loszuwerden.

Überall auf ihren Lieblingsplätzen im Haus und im Garten sah ich Eule und Lakritze. Den Rest des Tages habe ich im Nachhinein wohl ausradiert, um den Schmerz zu verdrängen. Mein Mann weigerte sich, die Sachen von Lakritze wegzupacken. Wir alle befanden uns im Ausnahmezustand. Es war bedrückend still im Haus. Waren wir gestresst, half es, die Hunde zu kraulen. Weil die Hunde tot waren, hatten wir Megastress, aber da war kein Hund mehr, den man kraulen und streicheln konnte.

Die Leere im Haus schrie um Hilfe. Ich war unfähig, mich zu bewegen.

Doch ich würde wieder aufstehen.

Ich würde die Stimme erheben für Eule und Lakritze. Das war und bin ich unseren Hunden und uns schuldig. Vorher aber ließ ich mir Zeit, um das Erlebte sacken zu lassen und zu begreifen, was uns passiert war.

Irgendwann kam ich ins Handeln.
Ich informierte Eules Züchter per Post und bewirkte, dass Hündinnen und Deckrüden untersucht werden. Ein gutes, ruhiges Telefongespräch mit gemeinsamen Lösungsansätzen brachte Ruhe.

Ich holte mir fachkompetente Informationen zu Lakritze ein, um das ganze Ausmaß der Qualzucht, die hier vorlag, zu verstehen. Ausführliche Informationen aus allererster medizinischer Hand. Einfühlsam aber sachlich detailliert von der Erstuntersuchung bis hin zum Tod während der OP. Ich begriff, dass es sich hier im um ein hochgradig ausgeprägtes brachycephales Syndrom handelte. Und ich begriff, wie Lakritze gelitten haben musste, wie tapfer sie weitermachte und wie chancenlos sie doch im Endeffekt war.

Lakritze hätte gerne so viel Luft zum Spielen, Toben und Kuscheln gehabt. So viel Luft für ein gemeinsames Leben mit uns. Sie war nicht für ein lebenswertes Leben gemacht, sondern nur als lukratives Schönheitsideal mit Niedlicheffekt gezüchtet. Wir hätten sie nicht nehmen dürfen. Qualzucht boykottieren, um diesem Züchtungswahnsinn ein Ende zu setzen. Wir waren unwissend, denn wir haben darauf vertraut, dass die Hunde in diesem renommierten Verband angemessen getestet werden. Nachher ist man immer schlauer. Wir haben uns Lakritze vertraut gemacht. Ihr Wesen studiert und mit Ihr und Eule gelebt, denn sie waren und werden immer Teil unserer Familie sein.

Wir haben gekämpft um unsere Familienmitglieder. Wir haben gedacht, wir hätten die Möglichkeiten, um ihnen zu helfen und sind dabei alle zusammen in die Knie gegangen.

Meine Tierärztin, die Lakritze untersucht und operiert hat, schrieb mir einen sehr ausführlichen Bericht mit klaren, detaillierten Angaben zu Lakritzes Zustand. Sie hat mir Mut gemacht, aufzustehen und an die Öffentlichkeit zu gehen. Ich bin ihr bis heute sehr dankbar.

Ich fing an, Briefe zu schreiben.

Klagebriefe, gespickt mit Fakten zu Lakritzes Qualzuchtleben und -sterben. Briefe an Lakritzes Züchterin von Rang und Namen, die bis heute nie geantwortet hat. Schon am Todestag unserer kleinen Lakritze hatte mein Mann in das Online-Gästebuch der Züchterin geschrieben. Kurze Zeit später war das Gästebuch gesperrt.

Ich habe fundierte Briefe geschrieben an den Deutschen Mopsclub und an den wohl renommiertesten Hundeverband. Von beiden habe ich nie eine Reaktion bekommen. Ich habe einen Verlag angeschrieben, der kurz nach Lakritzes Tod einen Mopsratgeber herausbrachte, bei dem Lakritzes Züchterin als Co-Autorin mitgewirkt hat. Sogar der Tierarzt der Züchterin, der Lakritzes Erstuntersuchungen vorgenommen hatte, bekam Post von mir mit Bitte um eine Stellungnahme. Alle schwiegen. Lediglich der Deutsche Tierschutzbund antwortete mir vorsichtig, in dem er vor allem vom illegalen Welpenhandel abriet, obwohl es sich, wie ich mit beigefügter Ahnentafel belegte, in unserem Fall offiziell um das Gegenteil handelte.

Traurig habe ich meine geschriebenen Briefe abgeheftet.

Ich war und bin enttäuscht. Aber Geld regiert doch wohl viel zu oft die Welt.

Ich wünsche mir, dass hier und da bei allen Menschen, die auf das Tierwohl keinen Wert legen, das schlechte Gewissen anklopft und mitten ins Herz sticht.

Um künftigen Generationen dieser Rasse diese quälende Atemnot zu ersparen, muss dringend züchterisch gegen diese erblich bedingten Defekte angegangen werden.

Unwissenheit war unsere Schuld. Aber der Kampfgeist und Wille, unsere Hunde zu retten, hat uns Kraft gegeben, immer wieder aufzustehen. Wir glaubten daran, dass wir die Möglichkeit hätten, Lakritze zu helfen. Und auch Eule.

Das Elend beider Hunde hat auch uns in die Knie gezwungen.

Eule und Lakritze haben so gerne gelebt!

Wir hätten mit Euch gerne noch so viel erlebt.

Wir haben einen schweren doppelten Schock erlitten, der uns alle vier geprägt hat. Wir alle werden dieses Schicksal mit durch unser Leben tragen.

Die Hunde haben allein gekämpft.

Wir haben mit ihnen gelitten.

Verloren haben wir alle.

TOFFIFEE UND SMILLA

Hoffnung und Perspektive

4 Toffifee

Ein Hund ist ein Herz auf vier Pfoten.
[Irisches Sprichwort]

„Ob wir vielleicht morgen mal alle zusammen durch ein Tierheim gehen sollten? Einfach mal so gucken, wie es sich anfühlt?" Mein Mann und ich grübelten gemeinsam. Es fühlte sich noch nicht richtig an, denn wir trauerten um Eule und Lakritze. Aber für die Kinder konnte es so doch nicht weitergehen.

„Wir überlegen mit den Kindern morgen spontan, ob wir es tun", entschied ich.

Mein Mann war einverstanden. Auch wenn ein neuer Hund im Haus sich noch nicht richtig anfühlte: Wenn ein Hund traurig im Tierheim sitzt, fühlt sich das erst recht nicht richtig an.

Zunächst hatte ich am nächsten Tag mit den Kindern geplant, zum Frühschwimmen zu gehen. Nach dem Motto: „Ablenkung ist alles!". Um Punkt 7 standen wir Drei vor der Eingangstür des Hallenbades. Gut 90 Minuten später stiegen wir wieder aus dem Wasser und freuten uns auf das 2. Frühstück zu Hause.

Mit gemischten Gefühlen fuhren wir los, um das erste Tierheim zu besuchen. Es war fast eine Autostunde entfernt. Ich hatte im Internet gesehen, dass dort Welpen auf ein neues Zuhause warteten. Das schien mir instinktiv gut für die Kinder. Als wir ankamen, waren die Welpen quasi alle schon vergeben. Ich ärgerte mich, weil diese Infos im Internet natürlich nicht ersichtlich waren. Wir schlenderten durch den langen, traurigen Gang und betrachteten die unterschiedlichsten Hunde, die teilweise schon lange hier waren und auf eine Perspektive hofften. Junge Hunde, alte Hunde, lebendige Hunde, die laut am Gitter auf sich aufmerksam machten und müde Hunde mit noch müderen Augen.

Ein recht alter Hund fiel mir auf. Er lag ruhig auf dem kargen Betonfußboden. Als er uns sah, erhob er sich langsam und kam zu uns ans Gitter. Der Gebissbereich war schief mit Zähnen, die eine ordentliche Grundsanierung bitternötig hatten. Sicherlich würde der Hund Schwierigkeiten beim Fressen haben. Sein Anblick machte mich traurig. Die Augen blickten mich müde, aber neugierig, ja fast werbend an. Er würde es sehr schwer haben, einen Interessenten zu finden. Mein Sohn, der nahe am Gitter stand, trat erschrocken ein Stück zurück und lief zum nächsten Zwinger. Der Hund machte mich traurig. Auch wir würden uns nicht für ihn entscheiden. Die Kinder hatten jetzt oberste Priorität. Sie sollten sich nicht „anstrengen" und zunächst zwingen müssen, sondern einfach verzückt einen Hund entdecken, von dem sie hin und weg waren. Ein Hund, der nicht nur niedlich ist, sondern das Herz der Kinder auf Anhieb berührte. Einer, der auf Anhieb hilft, ihren Schmerz über den doppelten Verlust ein Stück zu vergessen. Diese Sehnsucht hatte ich auch, obwohl das schlechte Gewissen gegenüber Eule und Lakritze bei mir und meinem Mann überwog.

Nichtsdestotrotz musste etwas passieren. So konnte es bei uns nicht bleiben.

Wir steuerten Tierheim Nr. 2 an. Das städtische Tierheim lag mit kleinem Umweg auf der Rückfahrt in Richtung Zuhause. Groß und möglichst ländlich angelegt. Wir stiegen aus und gingen zielstrebig zu den Hundehäusern, wo jährlich tatsächlich etwa 800 Hunde aufgenommen wurden. Stadthunde, die vielleicht verstärkt einem Wohnungs- oder Jobwechsel zum Opfer fielen. Auffällig fand ich die überdurchschnittlich vielen, sogenannten Listenhunde. Auch ein städtisches Phänomen? Oft chancenlos oder vermittelt nur für kurze Zeit, würde ich schätzen. Wir sahen nicht nur Einzelzwinger, sondern gemeinsame, naturbelassene Ausläufe und eine Hundespielwiese für Spaß und Training, so dass kein Hund einsam rund um die Uhr im Zwinger leiden muss. Verträglichkeit mit anderen Hunden natürlich vorausgesetzt.

Wir spazierten durch die Anlage und landeten vor einem Zwinger, in dem ein Hund saß, der uns irgendwie an Eule erinnerte. Kein Berner, aber groß mit langem schwarzen Fell und ähnlichem Knochenbau. Der Hund saß reglos und angespannt da und beachtete uns nicht. Vielleicht hatte er uns nicht einmal bemerkt, denn er war mit Wichtigerem beschäftigt. Mit konzentriertem Blick starrte er auf den Ausgang. Nichts konnte ihn ablenken. Diesen Ausgang zu fixieren, war wohl die einzige Aufgabe, die ihm blieb. Bestimmt war sein Herrchen dort hinausgegangen, schoss es mir durch den Kopf. „Abgegeben – schon zum zweiten Mal", sagte man uns auf unsere Anfrage hin. Ein berufsbedingter Umzug.

„Der Hund ist treu, bindet sich eng an seine Familie, ist aber nicht gut verträglich mit anderen Hunden und bellt alle vom eigenen Grundstück aus hinterm Zaun kräftig an.", so die Tierheimmitarbeiterin. Wir konnten den Anblick des wartenden Hundes kaum aushalten und hatten uns ernsthaft erkundigt, aber der Hund passte nicht zu uns. Dieser Hund war nicht offen für uns und schien nicht bereit, eine neue Bindung einzugehen. Er tat uns unendlich leid und ich wünschte ihm still viel Kraft und alles Glück der Welt. Auch beim Abschied sah er uns nicht an und fixierte weiter den Ausgang. Wir schauten uns noch die anderen Hunde im Gehege an und fuhren nach Hause. Während der Rückfahrt waren wir alle sehr still und nachdenklich. Uns machte das Fehlen der Hunde gerade jetzt zu schaffen. Das Auto war leer ohne Eule und Lakritze. Der traurige Hund im Tierheim, der vergeblich auf die Rückkehr seines Herrchens warten würde, gab uns noch den Rest.

Ich fühlte mich ausgepowert, leer und machtlos. So viele Hunde in nur zwei der zahllosen Tierheime auf der Welt. Abgegeben und zurückgelassen aus verschiedensten Gründen. Jobwechsel oder Trennung, Krankheit oder gar Tod des Menschen. Aber auch Egoismus, Bequemlichkeit und fehlende Bereitschaft, Kompromisse in der eigenen Lebensweise einzugehen, um dem Hund gerecht zu werden. Menschen, die ihre Hunde aussetzen, in dem sie ihr Tier, ohne mit der Wimper zu zucken, irgendwo mit einem Strick anbinden und zurücklassen. So viel Unrecht geschieht viel zu vielen Hunden in dieser Welt. Tierquälerei durch Einsperren, Anketten, Vernachlässigen, Schlagen, Qualzucht, unvorstellbare Grausamkeit und Morden in Tötungsstationen.

Die Tierheimbesuche waren für alle anstrengend gewesen. Ein Auf und Ab der Emotionen, aber das erhoffte Glücksgefühl blieb leider aus. Ich trauerte jetzt nicht nur um unsere Hunde, sondern war berührt von den vielen Hundeschicksalen, die mir in den beiden Tierheimen begegnet waren.

Zuhause ging jeder von uns irgendeiner Tätigkeit nach. Ich setzte mich an den Computer und öffnete das Internet. Schaute kurz die neuesten Nachrichten durch und ertappte mich einige Zeit später dabei, wie ich nach Hundeangeboten suchte. Von tierwelt.de bis eBay hatte ich eine enorme Auswahl vor mir. Wie sollten all die Hunde glücklich werden? Ich war verblüfft, wie groß dieser Markt war. Auch bei Lakritze hatten wir im Internet gesucht, allerdings gezielt nach renommierten Züchtern. Bei Eule lief die Suche über Zeitung und Mundpropaganda.

Ich suchte also nun tatsächlich nach den negativen Erlebnissen des Tages „nur mal so" im Internet nach einem Hund. Von einzelnen Abgabehunden aller Altersklassen bis hin zu Bildern eines kompletten Wurfes, noch so jung, dass die Augen der Welpen verschlossen waren. Sowohl Zuchtnachkommen von Rang und Namen als auch illegaler, unvorstellbar grausamer Welpenhandel, wo man seinen Hund halb verdurstet und vollkommen verstört irgendwo von einem Transporter auf der Autobahnraststätte ausgehändigt bekommen würde. Alles konnte man hier im Internet finden. Ich ging auf die Suche nach einem gesunden Mittelweg und gab als örtliche Eingrenzung 100 km Umkreissuche dafür ein. Erschlagen von Angeboten machte ich mir erst einmal einen Kaffee. Allein mit meinem Kaffee, ohne die Familie, schaute ich die Anzeigen durch. Einen ernsthaften Erfolg erwartete ich nicht. Der Verlust war zu frisch. Mein schlechtes Gewissen gegenüber Eule und Lakritze unterschwellig immer präsent. Doch plötzlich musste ich schmunzeln. Da blickte mich ein kleiner Teddy an. Ein winziges Hundebaby mit dunklen Knopfaugen, Stupsnase und kleinen Hängeöhrchen. Das kurze Fell schwarz, dunkelbraun und karamellfarben. So keck, so niedlich, so unschuldig und so allein im grünen Gras.

„Bezaubernd!"

Das war mein erster Gedanke. Dieses kleine Wesen schaffte es, mir sofort ein Lächeln abzugewinnen. Meine Schwermütigkeit und Anstrengung bei der Hundesuche war wie weggeblasen. Drei Worte kamen mir in den Sinn:

„Warum eigentlich nicht?"

Diese Worte waren leicht wie eine Feder.

Ich rief meinen Mann und meine Stimme klang tatsächlich euphorisch:

„Guck mal, was ich gefunden habe...eine kleine Toffifee".

Beim Anblick des putzigen Teddywelpen entspannten sich seine Gesichtszüge auch sofort.

„Ach Gott! Warum eigentlich nicht?" Mein Mann lächelte bei diesen Worten. Es tat gut, ihn so zu sehen.

„Ruf doch mal an", schlug er sofort vor.

Ich zögerte nicht lange und wählte die Nummer. Die Kleine war als einziger Welpe im Wurf noch nicht vergeben. Ich war gerührt. Die nette Frau bot direkt an, dass wir gerne noch vorbeikommen könnten, wenn wir wollten. Ohne meine Familie zu fragen, sagte ich zu. Zum ersten Mal in diesen schweren Tagen schwebte ich wie ein Luftballon. Auch mein Mann freute sich und rief die Kinder. Stolz machte ich vorm Computer Platz und die Zwei setzten sich.

„Schaut mal hier! Ich habe eine kleine Toffifee gefunden." Das große Schmunzeln war auch bei den Kids angekommen. „Süüüß!", schwärmte meine Tochter. „Tatsächlich eine Toffifee", bestätigte mein Sohn. Beide waren entzückt und ich setzte noch einen Bonus drauf: „Die Kleine ist die Einzige von den Welpen, die noch übrig ist. Alle anderen haben schon eine Familie gefunden."

Ich gab alles und hörte ein lautes „Oooh!".

„Können wir Toffifee besuchen? Sie ist ja so süß und allein."

Ich war happy und reichte den Kindern die Schuhe. „Toffifee wartet auf unseren Besuch. Wir können sie gleich einmal kennenlernen, wenn Ihr Lust dazu habt." Blitzschnell zogen die Kinder die Schuhe an und setzten sich ins Auto. Wir fuhren eine gute halbe Stunde über die Autobahn und landeten in einer abgelegenen Bauernschaft, wo sogar das Navi versagte. Telefonisch ließen wir uns von der netten Frau bis zum Bauernhof leiten. Nach einem sympathischen „Hallo" begrüßten wir Hundemama Frieda. Eine Jack Russel-Dackel-Mix –Hündin, die sehr zutraulich war. Gemeinsam gingen wir zur Diele und warteten dort auf das, was da kommen sollte. 10 Welpen hatte Mama Frieda bekommen. Zum ersten mal im Leben. Das war Aufregung pur für die ganze

Familie. Zusammen mit Hundeoma Nelly warteten wir auf die Welpen.

Und dann kamen zehn kleine Miniflusen um die Ecke geflitzt. Noch nie hatte ich so winzige Hundewelpen gesehen. Das kurze Fell schwarz oder braun mit weiß oder eben toffifeefarben. Quirlige kleine Flusen flitzten um unsere Beine herum, tobten miteinander und untersuchten uns und vor allem unsere Schuhe. Toffifee hieß noch Luna und war die allerkleinste Fluse. Klein, aber scheinbar sehr clever. Auf dem Dielenboden lag ein Seil zum Spielen. Klein, aber oho – so präsentierte sich unsere Luna-Toffifee. Wir staunten nicht schlecht, als die Welpen ein wildes Tauziehen veranstalteten. Auf der einen Seite des Strickes zog fast die komplette Rasselbande und auf der anderen Seite ganz allein Toffifee. Die Kleine war aber nicht dumm und holte sich Oma Nelly mit ins Boot, um gemeinsam mit ihr den Sieg einzufahren. Wir mussten alle herzhaft lachen. Es tat gut, wieder so gelöst zu sein.

In 14 Tagen wäre Luna mit acht Wochen soweit, dass wir sie abholen könnten. Den Namen Toffifee fanden auch die Züchter phantastisch. Ich fragte meine Familie nach ihrer Meinung. Meine Tochter und mein Mann waren Feuer und Flamme. Als ich das traurige Gesicht meines Sohnes sah, wurde ich auch wieder melancholisch. Mit seinen gerade mal 10 Jahren hatte er hier viel zu verarbeiten. Bis eben hatte auch er einfach viel Spaß mit den zehn kleinen Welpen, aber nun übermannte ihn wieder die Trauer und das schlechte Gewissen wegen Eule und Lakritze.

„Ich weiß nicht", sagte er leise. „Ich bin noch so traurig wegen Eule und Lakritze. Ich weiß nicht, ob das jetzt schon so richtig ist."

Wir versuchten, ihm das Gefühl zu geben, dass alles gut wäre, sahen aber, dass er Zeit brauchte. Alle oder keiner. Wir vereinbarten mit der Familie, dass wir eine Nacht „drüber schlafen" und auch unser Sohn erst seine Entscheidung treffen müsse. Die Familie auf dem Hof hatte vollstes Verständnis für unsere Situation angesichts der vorhergegangenen Katastrophe. Ihr Jüngster war in etwa so alt wie unser Sohn.

Wir machten uns auf den Heimweg.

„Ich würde Toffifee gerne nehmen!", bekundete meine Tochter im Auto noch einmal. „Nicht, dass sie bald woanders wohnt."

„Aber was würden Eule und Lakritze denn dazu sagen?" Mein Sohn war hin- und hergerissen. „Ich finde Toffifee ja auch toll. Aber Eule und Lakritze sind doch unsere Hunde. Was werden sie sagen, wenn einfach ein neuer Hund bei uns wohnt?"

Ich atmete tief durch: „Eule und Lakritze waren leider zu schwach und zu krank, um weiter bei uns zu leben. Sie sind jetzt im Hundehimmel und es geht ihnen wieder gut. Eule und Lakritze sind sogar dort wieder zusammen. Wenn die Zwei vom Himmel aus sehen, dass wir der kleinen Toffifee ein Zuhause geben und uns um sie kümmern, dann sind sie sicher mächtig stolz auf uns."

Ich war fix und fertig, fügte aber noch einen Satz hinzu: "Die kleine Toffifee kann ja nichts dafür, dass Eule und Lakritze gestorben und im Himmel sind. Sie ist ein kleiner Welpe, der Hilfe braucht und gerne eine Familie hätte. Sie würde sich bei uns sicher sehr wohlfühlen."

Angestrengt saß ich auf meinem Beifahrersitz, blickte nach vorne aus dem Fenster und schluckte kräftig, um nicht in Tränen auszubrechen. Im nächsten Moment stockte mir der Atem und ich war sprachlos bei dem Anblick, der sich mir bot: Gerade noch Sonne, dicke dunkle Wolken und heftiger Regen. Im nächsten Moment sahen wir vor uns einen doppelten Regenbogen. Leuchtend, strahlend und kraftvoll farbenfroh. Noch kürzlich hatte ich einen schönen Satz über dieses Himmelsphänomen gelesen:

„Ein zweiter Regenbogen entsteht dann, wenn das Licht sich im Regentropfen zweimal spiegelt."

Ich konnte meine Augen nicht abwenden.

Meine Tochter rief begeistert: „Eule und Lakritze sind einverstanden! Sie sind doch über die Regenbogenbrücke gegangen. Beide. Guckt mal! Jetzt zeigen sie uns das mit dem doppelten Regenbogen."

Mein Mann fügte hinzu: "Schaut! Da, wo Ihr den Anfang vom doppelten Regenbogen seht, ist wohl unser Haus."

„Ok, ich bin einverstanden", rief mein Sohn. „Ich möchte auch, dass Toffifee zu uns kommt."

Was war bei uns schon normal? Ergriffen und gerührt lehnte ich mich im Sitz zurück und betrachtete den doppelten Regenbogen, der immer blasser wurde und plötzlich verschwand.

Am nächsten Tag hatte mein Sohn plötzlich hohes Fieber. Gerade nun, wo eine Kennenlernwoche mit Spielen und vielen Gesprächen die Klasse näher zusammenbringen sollte. Nach weiteren zwei Tagen war immer noch keine Besserung in Sicht. Ich fuhr mit ihm zur Kinderärztin. Symptome wie Hals- oder Ohrenschmerzen so wie sonstige Anzeichen eines Infektes konnten nicht festgestellt werden. Ich erzählte der Ärztin, welch doppeltes Leid mein Sohn gerade verkraften musste. Die Ärztin konnte nicht ausschließen, dass diese Erlebnisse den schlechten Gesundheitszustand mit beeinflussten.

So schnell, wie das Fieber gekommen war, verschwand es auch wieder. Es blieb noch ein Kennenlerntag, und jedes Kind sollte einen Gegenstand mitbringen, der ihm sehr viel bedeutet. Mein Sohn packte seine Schlagzeugsticks ein, denn er macht leidenschaftlich gerne Musik. Als die Klasse nach dem gemeinsamen Tag im angrenzenden Jugendheim zurück zur Schule lief, hatte ihm jemand seine Sticks aus dem Rucksack gezogen und wohl einfach auf eine Mauer gelegt. Glücklicherweise fand ein Mädchen die Sticks und brachte sie unserem Sohn. Er war über den Vorfall sehr erschrocken. Seine Enttäuschung war riesengroß. Wie konnte ihm jemand – wahrscheinlich aus einer Laune heraus – seinen wichtigen Gegenstand einfach klauen und wegschmeißen? Wusste derjenige denn nicht, wie viel ihm die Sticks bedeuteten? Gerade jetzt, nachdem er Eule und Lakritze verloren hatte? Ich saß fassungslos am Küchentisch, als er mir von dem Vorfall erzählte.

Nicht alle Reaktionen auf den Tod unserer Hunde waren sensibel. Hunde als Familienmitglieder werden manchmal belächelt, nicht nur von Menschen ohne Hund. Ich habe so manchen Menschen gesprochen, der auch ohne eigenen Hund sehr ehrlich ergriffen und betroffen war.

Das Schlimmste, was ich gehört habe: „Der Mops ist tot? Das ist aber sehr ärgerlich. Der war sicher teuer."

Auch auf dem ersten Elternabend wurde ich mehrfach angesprochen. Die Lehrerin hatte auch Tiere und sprach mich mitfühlend an, worüber ich mich sehr freute. Auf dem Rückweg war es bereits dunkel, und ich fuhr über die Landstraßen vorbei an Wiesen und durch den Wald, wieder begleitet von meiner Klavierballaden-Musik. Ich fing an zu träumen. In meiner Phantasie saßen in einiger Entfernung Eule und Lakritze am rechten Straßenrand und blickten mich an. Als ich fast auf Ihrer Höhe war, drehten unsere zwei Hunde sich um und liefen vor mir her, schnell wie der Wind. Sie liefen und drehten sich im Lauf manchmal zu mir um, hatten Spaß und waren gesund und voller Energie und Lebendigkeit. Dann kam die große Kreuzung und die Hunde waren verschwunden. Die schöne Fahrt werde ich nie vergessen. Manchmal sind Träume echter als die Realität. Und das ist von Zeit zu Zeit auch gut so. Bleibt die Angst, dass diese Bilder blasser werden und verschwommener. Dass man Fotos braucht, um sich detailliert an das Aussehen Verstorbener zu erinnern.

Toffifees Einzugstag rückte näher. Sie sollte einen Neustart bekommen. Der große Pool-Korb blieb und wird auch immer bleiben. Er stand wieder im Wohnzimmer direkt an der Terrassentür mit Blick auf den Garten. Im Flur bekam Toffifee ein eigenes Häuschen aus Stoff, sogar mit einem kleinen Fensterchen darin. Hier konnte sie ein- und ausgehen, wie und wann sie wollte. Sie konnte darin Schutz finden, sich gemütlich einkuscheln und zurückziehen und auch mal Privatsphäre genießen. Ein Wohlfühlort ganz allein für Toffifee.

Während der Wartezeit auf Toffifee hatte ich auch dieses Mal den Züchtern ein Tuch zugeschickt, das bis zum Abholtag den vertrauten Heimatgeruch annehmen sollte, um der Kleinen den Übergang einfacher zu machen.

Dann war es tatsächlich soweit. Als wir alle Vier nach dem Sonntagsfrühstück in unseren Bulli einstiegen, schien die Sonne. Als wir Toffifee wiedersahen, schien sie noch viel heller. Und das, obwohl sie uns auf der Hofdiele entgegengetappst kam. Einige Geschwisterwelpen waren noch da, so dass sofort wieder Leben in der Bude war. Toffifee war immer noch die Kleinste im Bunde. Ihr stupsiges Knopfnäschen schnüffelte uns ab. Sie war so drollig und zutraulich. Beim Einsteigen bekam ich die kleine Fluse auf den Schoß gesetzt. Darunter ein Handtuch und mit auf dem Schoß, direkt an Toffifee angekuschelt, das Schmusetuch, dass nach ihrer Heimat roch. Wir verabschiedeten uns von der netten Familie und fuhren los. Toffifee begann zu jammern. So viele neue Eindrücke und so wenig Vertrautes. Das war für den Winzling im ersten Moment wohl Überforderung pur. Nach kurzer Zeit wurde Toffifee aber schon etwas ruhiger, kuschelte sich an ihr Schnuffeltuch mit Heimatgeruch und war im nächsten Moment schon eingeschlafen. Keine Viertelstunde später setzte das Jammern wieder ein. Wir hielten am nächsten Autobahnrastplatz und stiegen mit Toffifee auf dem Arm aus. Vorsichtig setzten wir sie ins Gras. Die Kleine jammerte weiter. Doch dann klappte die Pippipause perfekt. Toffifee ließ sich wie eine kleine Diva wieder ins Auto tragen und war noch vor der Auffahrt selig eingeschlafen.

Zu Hause lief es umso besser. Wir hatten den Eindruck, dass Toffifee sich hier sofort geborgen fühlte. Sie trank und fraß und entleerte sich im Garten. Mit hellem Welpenbabygebell hüpfte sie wie ein Flummi aufgeregt einem gelben Schmetterling hinterher. Toffifee erkundete jede Ecke und tapste euphorisch durchs Gras. Wir lachten alle und genossen die Leichtigkeit, die Toffifee uns ins Haus brachte. Sie legte sich auf den warmen Sand vorm Bauwagen und wir ahnten schon jetzt, dass ein Strandurlaub ihr Ding sein würde. Ich setzte mich neben die kleine Toffifee, die sich sofort auf den Rücken rollte, um sich den Bauch krabbeln zu lassen. Hinter Toffifee unter dem Wagen war Eules Platz und ich sah Eule in meiner Phantasie dort liegen. Sie schaute kurz hoch und rollte sich wieder ein. Ich schluckte. Der kleine gelbe Schmetterling flog zwischen Toffifee und Eules Bild vorbei hoch der Sonne entgegen. Von der Treppe aus beobachtete Lakritze das Spiel und machte einen Satz, um den Schmetterling zu erhaschen. Seelenruhig flatterte der gelbe Zitronenfalter empor. Mir stiegen Tränen in die Augen, aber im nächsten Moment musste ich lächeln. Eigentlich waren alle Hunde noch hier.

Ich durfte in der ersten Nacht bei Toffifee schlafen, Auf der Klappmatratze hatte ich es mir gemütlich gemacht, als Toffifee im Häuschen eingeschlafen war. Als ich nachts aufwachte, lag die Kleine schon neben mir. Sie schaute mich mit ihren braunen Knopfaugen an, und ich ging mit ihr in den Garten. Ihr vorbildliches Gassiverhalten erinnerte mich an Eule. Drinnen legte Toffifee sich, wie selbstverständlich, wieder auf meine Matratze, ließ mir aber gnädiger Weise auch etwas Platz. Ich ließ sie gewähren und kuschelte mich daneben, denn ich war froh, dass wir diesen Winzling zu uns geholt hatten. Alles fühlte sich richtig an. Mit Toffifee konnten wir um Eule und Lakritze trauern, aber auch so manchen Lichtblick sehen.

Die erste gemeinsame Vorsorgeuntersuchung meisterte die kleine Toffifee mit Bravour. Kerngesund und voller Energie. Besonders der Name Toffifee kam in der Praxis sehr gut an. Wir hatten den Tierarzt gewechselt. Nicht, weil mir die vorherige Praxis missfiel, sondern weil ich einfach nicht mehr in der Lage war, die Praxisräume zu betreten. Alles erinnerte mich an das Einschläfern von Eule. Ich habe diesen schwierigen letzten Gang mit ihr bis heute nicht verkraftet.

Die Stimmung in der jetzigen Praxis war und ist locker, fast familiär. Ein Neuanfang. Wir erzählten von Eule und Lakritze, starteten aber mit Toffifee hier neu durch.

Die Gassigänge mit der kleinen Toffifee waren von Anfang an pflegeleicht. Toffifee liebte gemeinsame Spaziergänge und lief im Geschirr vorbildlich an der Leine. Der Welpenkurs an der Hundeschule setzte noch das i-Tüpfelchen an Erziehung drauf, und Toffifee genoss den Kontakt zu anderen Welpen. Leichtfüßig, flink, neugierig und voller Energie. Jeder Spaziergang ist bis heute ein Abenteuer für Toffifee und ein Genuss für uns. Es gab so viel zu entdecken und zu schnüffeln. Auch bei unseren Spaziergängen liebte Toffifee Hundebegegnungen, und fast alle Hunde liebten den kleinen, süßen Wirbelwind. Egal ob Flecki, Rocky, Joey oder Lio: Mit ihren Hundefreunden geht sie bis heute ab wie eine Rakete, flitzt übers Feld, schlägt Haken und steht auch den großen

Hunden in Sachen Schnelligkeit nichts nach. Die Frauchen und Herrchen schließen Klein-Toffifee meist direkt in ihr Herz. „Einfach süß" ist unser kleines toffifeefarbenes Hündchen. Sie wickelt bis heute noch jeden um ihre Pfote und lässt sich am liebsten ausgiebig den Bauch kraulen.

Sonntags gehen wir bis heute immer mit der kompletten Familie spazieren. Von Anfang an liebte auch Toffifee diese Ausflüge. Die morgendlichen Spaziergänge waren und sind unter der Woche in der Regel meine Aufgabe. Als Toffifee gerade erst eingezogen war, startete ich mit kurzen Gassigängen. Ich sah, dass Toffifee schnell mehr wollte und konnte und mit großer Begeisterung unterwegs war. Die Gassigänge wurden länger und vor allem intensiver. Für Toffifee und für mich. Nicht nur wachsende Strecken direkt vor der Haustür durch unsere Ortschaft liefen wir zusammen. Schon nach kurzer Zeit plante ich regelrechte Ausflüge. Durch Wälder, an den nahegelegenen See, am Kanal sowie auf den Spazierwegen der örtlichen Halde bis hoch zum Gipfelkreuz. Wir kauften einen Hundesicherheitsgurt für die Autofahrten, und aus der täglichen Gassipflicht bei Wind und Wetter wurde schnell gefühlt ein gefühlter Kurzurlaub im Alltag. Zwischen Schreibtisch und Staubsauger eine Auszeit zum Krafttanken, Frischluft schnuppern und Spiel und Spaß und Ruhe genießen mit dem Hund. Bis heute glaube ich, dass sich diese neue Zeit mit Toffifee erst durch die traurigen Erlebnisse mit Eule und Lakritze so intensiv entwickelt hat.

Mit Toffifee lebten wir von Anfang an plötzlich bewusster. Natur und gemeinsame Zeit bekamen noch mehr Bedeutung.

„Brauchen wir eigentlich unseren Bulli?"

Dieser Satz von meinem Mann sollte unserem Leben eine ganz neue Richtung geben. Schon oft hatten wir von einem Wohnmobil geträumt. Auch an diversen Schautagen der Wohnmobilhändler waren wir zum Gucken und Träumen schon vor Ort. Die Preise unserer Wunschmobile ließen alle Träume aber direkt zerplatzen wie eine Seifenblase.

„Wenn wir unseren neuen Bulli verkaufen und mit Deinem kleinen Wagen bzw. dem Wohnmobil fahren, würde es funktionieren. Die Worte meines Mannes machten mich sehr euphorisch. Schon drei Tage später verbrachten wir unseren Sonntagsausflug auf den umliegenden Wohnmobilschautagen. Wir wechselten uns mit dem Anschauen der Innenräume ab. Immer im Wechsel blieb zunächst einer draußen mit Toffifee, damit sie sich nicht doch einmal in den schicken Innenräumen entleerte.

Die Auswahl war groß, die Preise aber zum Teil gigantisch hoch. Dann stießen wir auf Angebote, die eine gute Alternative für uns darstellten: Wohnmobilvermietungen, die nach 3 bis 4 Jahren ihre Wohnmobile abstoßen und zum Verkauf anbieten. Beim zweiten Anlauf, etwa eine Autostunde entfernt, wurden wir fündig. Eine Billigmarke, mit großem Innenraum, zwei Sitzplatzgruppen, einem Etagenbett für die Kids, den Alkoven für uns und jede Menge Stauraum, sogar im Bad. Unser perfektes „Feriendomizil", in dem Toffifee immer dabei sein würde.

Für die Herbstferien planten wir unsere Premierenfahrt. Eine Übungsstrecke zum Erlernen des Wohnmobillebens, die uns eine Woche lang an Spaßbäder und Ferienparks mit Wohnmobilhäfen bis ins Sauerland führen sollte. Es war schön und aufregend, unser mobiles Zuhause einzuräumen. Toffifee lief gefühlte 100 Mal mit mir hin und her, bis alles dort war, wo es für eine Woche hingehörte. Eine kleine Hundebox mit ausgebauter Tür befestigten wir unter einem der Tische. Wenn Toffifee sich fürchtete und Schutz suchte, konnte sie in diese Höhle ausweichen. Am Tag der Abfahrt waren wir alle mächtig aufgeregt. Toffifee kuschelte sich bei mir ein. Für sie war von Anfang an die Welt im Wohnmobil in Ordnung, denn hier hatte sie ihre komplette Familie auf engstem Raum beisammen.

Die erste Station unsere Route führt uns zu einem vertrauten Ort. Es ging zum Erlebnisbad, in dem ich das letzte Mal am Anfang der Sommerferien mit den Kindern war. Der Tag, an dem wir die Kinder abends auf Eules Tod vorbereitet hatten. Vier Monate später saß ich nun mit Toffifee auf dem Schoß im Wohnmobil und konnte nicht fassen, was in dieser kurzen Zeit alles passiert war.

Ich schluckte und dann ging die Reise auch schon los. Stolz fuhren wir im Wohnmobil vom Hof, dem neuen Abenteuer entgegen. Ob wir es lieben würden? Ich ahnte noch nicht, wie sehr eine Begegnung auf dieser Reise unsere Zukunft verändern würde.

Wir steuerten den ersten Wohnmobilhafen unseres Lebens an, versorgten uns mit Strom und stellten, da das Wetter stimmte, direkt die neuen Campingstühle auf. Der Stellplatz lag zentral zwischen unserem Spaßbad und einer Eishalle. Zweiteres begeisterte besonders meine Tochter, so dass wir einen Besuch dort für den nächsten Vormittag vor unserer Weiterreise planten. Während ich mich mit den Kindern drei Stunden im Spaßbad austobte, lief mein Mann lange mit Toffifee am nahegelegenen Fluss. Abends gab es im Restaurant des Spaßbades noch ein leckeres Essen mit der ganzen Familie. Übermüdet fielen wir alle in unsere Betten. Meine Höhenangst im Alkoven bekämpfte ich erfolgreich, in dem ich stramm an der Wohnmobilwand schlief und meinem Mann die Seite am Abgrund überließ. Toffifee bevorzugte meinen Beifahrersitz, auf dem eine dicke, kuschelige Decke eingeknuffelt lag, so dass die Kleine sich einkuscheln konnte. Wir schliefen alle durch wie die Murmeltiere.

Murmeltiermüde, erschöpft, aber überglücklich.

Am nächsten Morgen frühstückten wir Fünf ausgiebig im Wohnmobil. Danach machte ich mich mit den Kindern auf den Weg zur Eishalle. Wir waren die ersten Besucher des Tages. An der Tür begrüßte uns, zusammen mit seinem Herrchen, ein Riesenhund. Toffifee war höchstens so groß wie eine Pfote des Giganten.

„Guten Morgen! Ist das ein Rhodesian Ridgeback?", begrüßte ich Hund und Herrchen. Wir kamen schnell ins Gespräch mit dem netten Besitzer und erzählten von unserem Baby Toffifee, dass nun ja gerade erst gut 3 Monate alt war. Mein Mann wollte später vorbeikommen, um im Eishallenbistro einen Kaffee zu trinken. „Er soll die kleine Toffifee ruhig mitbringen", meinte der Besitzer. Unser Sohn sagte meinem Mann schnell Bescheid. Danach ging es für die Kinder und mich auf die noch leere Eisfläche. Wir hatten Spaß und ich nichts verlernt. Dass meine Knochen nach einem Beinbruch nicht mehr so gut heilen würden wie bei Kindern, verdrängte ich zwischen Flackerlicht und Discomusik. Nach einiger Zeit sahen wir hinter der Bistroscheibe meinen Mann sitzen. Auf seinem Arm, die kleine Toffifee. Daneben der große Ridgeback, ihr neuer Kumpel. Die beiden verstanden sich blendend und wir drei Eisläufer machten uns auf den Weg zu unserem wohlverdienten Kakao im Bistro. Mein Mann saß mit dem Besitzer und seiner Frau an einem Tisch. Hinzu war noch ein dritter Wuschelhund gekommen, mittelgroß, weiß und strubbelig. Ich glaube, er kam aus dem Tierschutz.

„Wir verbringen unsere freie Zeit immer auf der Insel Texel", erzählte uns das Ehepaar. „So eine phantastische und hundefreundliche Insel gibt es nur einmal."

Im Wohnmobil schrieb ich mir die Buchstaben TEXEL auf einen kleinen Zettel, wild entschlossen, zu Hause zu recherchieren. Der kleine Zettel liegt noch heute auf der Fensterbank vor meinem Schreibtisch. Er gehört zu den wertvollsten „Dokumenten" in meinem Leben.

Der Rest der Woche gehörte auf unserer Übungsreise weiteren Ausflügen mit Schwimmbädern, einem Freizeitpark und vielen Spaziergängen mit Toffifee. Das Wohnmobilleben fühlte sich richtig an.

Während zu Hause nach unserem Urlaub die Waschmaschine rundlief, suchte ich im Internet die Insel Texel. Ich las viel und sah fantastische Bilder. Gleich mehrere Campingplätze sprachen mich an. Welchen Ort der Insel sollte man wählen? Wo war es vor allem auch für Kinder und Hunde am schönsten?

Ich suchte mir im Internet die E-Mail-Anschrift der Eishalle, wo wir unsere ersten Texel-Ideen erhalten hatten. Ich erinnerte an uns, stellte meine Fragen und schickte ein Foto von Toffifee, um sicher zu zeigen, wer wir waren.

Die nette Antwort ließ nicht lange auf sich warten. Wir entschieden uns letztendlich für einen Ferienpark mit viel Kinderbelustigung ganz oben im Norden von Texel. Schon in den kommenden Osterferien ging es los. Mit dem Wohnmobil und per Fähre machten wir uns am Karfreitag auf den Weg zum nördlichsten Ort der Insel Texel. De Cocksdorp hoch oben am roten Leuchtturm.

Die Fahrt verlief ruhig und staufrei. Wir fuhren über den Damm am Ijsselmeer in Richtung Den Helder, wo die Fähre uns in nur 20 Minuten Fahrtzeit zur Insel Texel bringen würde. Toffifee war überaus entspannt im Wohnmobil, denn sie hatte ihre komplette Familie beisammen. Von Reiseübelkeit und Stress keine Spur. Am Hafenort Den Helder angekommen legten wir nach einem Gassigang mit anschließender Fütterung eine Fast Food-Pause für uns ein, um danach satt und neugierig zum Fährhafen zu düsen. Mit dem heutigen Wissen sind wir Karfreitag möglichst früh an der Fähre, denn dort standen wir einige Zeit in der Schlange, da anscheinend viele Texelfreunde an diesen Feiertagen eine Auszeit auf der Insel genießen.

Mein Herz klopfte bis zum Hals, als der Lotse uns mit dem Wohnmobil in den dicken Schiffsbauch winkte und den richtigen Standplatz zuordnete.

Während mein Mann mit Toffifee im Wohnmobil blieb, stieg ich mit den Kindern am Ausgang „Seehund" viele steile Stufen hoch bis an Deck. Der Blick überwältigte uns. Die Sonne schien, aber wir waren froh, unsere dicken Winterjacken angezogen zu haben. Die Fähre war schon gestartet und in der Ferne konnten wir „unsere" Insel Texel bereits sehen. Nur 20 Minuten dauerte die Überfahrt. Wir genossen die Aussicht von allen Seiten, liefen durch das Restaurant mit Shop und fürchteten uns ein wenig vor den dreisten Möwen, die von noch dreisteren Menschen mit dicken Brotstücken zu nah an Deck angelockt wurden.

Texel kam näher und wir sahen schon den Anlegehafen und Sandstrand.

Um pünktlich unten zu sein, stiegen wir eilig wieder abwärts in den Schiffsbauch, Ausgang „Seehund". Ich versuchte tapfer, meine Höhenangst auf der steilen, langen Treppe zu ignorieren. Toffifee freute sich über unsere Ankunft. Wir schnallten uns an und warteten auf die Dinge, die da kommen sollten. Toffifee hatte sich ihren Lieblingsplatz vorne auf meinem Schoß organisiert. Dann öffnete sich der Schiffsbauch und nacheinander wurden alle Fahrzeugreihen geschickt herausgelotst ins Freie. Wir fuhren der Sonne entgegen und die Kinder jubelten: „TEXEL!"

„Willkommen im Paradies!" Mehr bekam ich nicht heraus.

Die Frühlingssonne schien und der strahlend blaue Himmel berauschte uns. Alle Fahrzeuge aus dem Bauch der Fähre steuerten ihrem Ziel entgegen. Rechts und links von unserer Landstraße sahen wir idyllische Landhäuschen zwischen Wiesen und Feldern. Auf den Wiesen grasten Schafe und unzählig viel Lämmchen. Sie kuschelten sich an ihre Mamas und Lämmchenkumpel oder hüpften ausgelassen durchs hohe Gras. Über 20 000 Lämmchen werden auf der Insel Texel im Frühjahr geboren.

Dass das Texeler Lammfleisch eine berühmte Delikatesse ist, verdrängte ich in diesem Moment so gut ich konnte. Wenn wir am Ende der Osterferien nach Hause fuhren, würden viele der kleinen Lämmchen schon nicht mehr da sein.

Ich hatte gelesen, dass die Lämmer 100 Tage auf der Weide sind. Sie können herumtollen, spielen, kuscheln, Mamas Milch trinken und grasen. Das Gras auf salzigem Boden gibt dem Fleisch wohl eine ganz besondere Geschmacksnote. Das Texeler Lammfleisch ist weit über die Insel hinaus als Delikatesse bekannt.

Momentan genossen wir den Anblick der putzigen Schafbabies, die in diesem Augenblick auf den saftigen Wiesen lebten, tobten, kuschelten und bei ihrer Mama sein durften. Jetzt und hier fand das Leben statt. Wie viele Tiere, ob Schweine oder Kühe, kommen bei uns nie in den Genuss, leben zu dürfen. Tiere in engen, dunklen Mastbetrieben, die nur die Sonne sehen, wenn sie zum Schlachter gefahren werden.

Kurz, nachdem Eule und Lakritze gestorben waren, habe ich aufgehört, Fleisch zu essen. Es war mir von jetzt auf gleich moralisch zuwider, das je noch einmal zu tun. Die Vorstellung, dass diese lebenslustigen Lämmchen schon bald sterben sollten, damit ich im Restaurant schlemmen kann, verursachte bei mir eine Gänsehaut. Mein Essen hatte auch jetzt hier auf der Wiese ein Gesicht bekommen, das mich ansah, erfreute und lebte. So etwas kann ich nicht mehr essen. Ich bin mit Fleisch aufgewachsen. Bei uns gab es, wie üblich gerade im ländlichen Raum, viel Fleisch. Ich aß nicht Kuh, Schwein oder Huhn, sondern Braten oder Schnitzel. Diese Begriffe klangen nicht direkt nach totem Tier.

Irgendwann gab es bei uns Schnur(r)braten. Für mich als Kind war klar: Das musste tote Katze sein. Das konnte ich unmöglich essen. Ich kannte Katzen mit Namen in der Nachbarschaft, und das Fleisch hatte somit einen Namen. Dass es sich nicht um Katzenfleisch handelte, konnte mir niemand mehr weismachen.

Unsere Fahrt führte uns bis zur nördlichen Spitze Texels. Gelesen hatte ich bereits, dass die Insel Texel 25 km lang und 8 km breit ist. Der ca. 30 Kilometer lange Sandstrand soll für Mensch und Hund ein wahres Paradies sein.

Ich konnte mich schon jetzt gar nicht satt sehen an den hübschen Häusern und dem saftigen Wiesengrün unter strahlend blauem Himmel.

Unser Ziel war der nördlichste Insel Ort De Cocksdorp. Der Ferienpark bot alles, was vor allem das Kinderherz begehrt: Ob Swimming Pool, Spiel- und Sportanlagen, Indoor Minigolf, oder Indoor Lasergame: Hier gab es für jeden etwas zu tun. Die Sanitäranlagen waren gepflegt und nicht überlaufen. Hunde nicht nur geduldet, sondern an der Leine herzlich willkommen. Für das leibliche Wohl gab es einen Imbiss, ein Bistro und kulinarische Köstlichkeiten im Restaurant. Eine große Auswahl an frischen Brötchen bot morgens ab 8 Uhr der Supermarkt am Platz, der auch sonntags geöffnet hat. Am nächsten Morgen machten wir unsere Räder startklar, um zum ca. 3 km entfernten Strand zu radeln. Meine Tochter bekam auf ihren Gepäckträger eine Transportbox aus festem Stoff mit Fensterchen für Klein-Toffifee und durfte damit vorfahren.

Die Radtour führte uns durch eine phantastische Dünenlandschaft. Hügelig schlängelte sich unser Radweg in sanftem Auf und Ab durch die atemberaubende Landschaft. Ein breiter Dünengürtel mit Heide, Gras und zum Meer hin hellem Sand überraschte mich. Ich dachte, ich bewege mich durch ein Märchenland. So eine weite, abwechslungsreiche Dünenlandschaft hatte ich noch nie gesehen. In dieser unechten, märchenhaften Kulisse ragte plötzlich etwas noch Unechteres am Horizont empor:

„Da, ich sehe den Leuchtturm!" Ich rief es laut über die Dünenhügel. Jede Postkarte mit diesem Bild hätte man als kitschig abgetan. Die Realität vor uns wirkte aber so wundervoll, dass ich mir die Augen gerieben hätte, wäre ich nicht mit dem Halten des

Lenkrades beschäftigt gewesen. Es ging gerade wieder in Wellen bergab und bergauf. Ich fahre gerne Fahrrad, bin aber ein Schisser und bremse am Berg. Die Wegroute war jetzt klar. So direkt wie möglich zum roten Leuchtturm. Am Ziel der hügeligen Fahrt kamen wir ausgepowert vor dem roten Giganten zum Stehen. Um den Leuchtturm gruppiert sahen wir eine Handvoll sehr schöner Häuschen, die in Kombination mit dem roten Leuchtturm das Gesamtbild noch unechter scheinen ließen. Ein weißes Haus mit rotem Dach lächelte mir von seinem Platz direkt neben dem Leuchtturm zu.

„Da, in dem weißen Haus am Leuchtturm werden wir wohnen, wenn wir im Lotto gewonnen haben. Wir werden es Eulenhaus taufen!" Siegessicher und ergriffen, blickte ich in die Familienrunde. Alle schmunzelten über meine kleine Hymne und bewunderten „mein weißes Haus am Leuchtturm". Zwei Fensterchen schauten uns aus der Ferne an. Wir nahmen reichlich Wasser aus den Trinkflaschen und gaben auch Toffifee zu trinken. Dann schlenderten wir den breiten, gepflasterten Fußweg hinauf und hinunter in Richtung Meer. Vorbei an einem Restaurant und einem Café auf Stelzen, die Schutz vor der Flut boten.

Noch nie hatte ich so einen breiten Sandstrand gesehen. Unechter ging es nun wirklich nicht mehr. Die Weite war so enorm, dass ich mein Glück kaum fassen konnte. So einen Wahnsinnstrand mit hellem Sand und so einem ergreifenden Horizont. Dazu diese Kulisse hinter uns: „Roter Leuchtturm mit einer Handvoll Traumhäusern drumherum": Das überstieg alles, was ich erwartet hatte.

Wir jubelten laut: „Texel!!!"

In diesem Moment wurde unser Slogan der Zukunft geboren: „Einmal Texel", rief mein Sohn. „Immer Texel", antworteten wir im Familienchor. Und das ist bis heute so geblieben. Unser Slogan für alle Fälle: Als Vorfreude auf die kommende Texelreise, während der Texelreise am Strand, im Wohnmobil oder in der Strandbar. Und erst recht zu Hause als Wehmutsruf, wenn statt Texel Schule mit Klausuren, Zahnarzttermine oder Staubwischen angesagt sind.

Toffifee hüpfte wie ein Gummiflummi und jagte über den Strand. Platz satt und Weite pur gab es hier für uns. Von den recht wenigen Spaziergängern hatten viele mindestens einen Hund dabei. Fast alle liefen frei ohne Leine. Es gab ein großes Hunde-Hallo und Toffifee war mittendrin. Sie wirbelte mit verschiedensten Rassen über den weiten Sandstrand und jagte im Rekordtempo glücklich und ausgelassen bis zum Wasser. Ins Meer traute die Kleine sich aber noch nicht. Wasserscheu schreckte Toffifee vor der erste Welle zurück und wir mussten herzhaft lachen. Dass sich das in Zukunft ändern würde, hätten wir beim schwungvollen Rückwärtsgang der Kleinen in diesem Moment wirklich nicht geahnt. Wir sahen aber einen kleinen Wirbelwind, dem der große, weite Strand am Leuchtturm gehörte. Ausgelassen hüpfend und glücklich.

Anschließend genossen wir im Strandcafe eine „warme Chocomel met Slagroom". Toffifee war dort nicht nur geduldet, sondern herzlich willkommen. Die Kleine bekam einen großen Napf Wasser.

Entspannt und glücklich radelten wir danach über den Dünen Weg zurück zum Campingplatz. Am Abend starteten wir unser zukünftig tägliches Wohnmobil-Ritual, nämlich eine Runde Kniffel. Nach so viel Frischluft wäre ich beim Würfeln schon fast eingenickt. Tapfer und kniffellos zog ich das Spiel durch und merkte am Ende, dass wir alle hundemüde waren. Ein kurzer Gang durch die Sanitäranlagen und eine kleine Gassirunde mit Toffifee. Dann waren unsere Akkus leer und jeder kuschelte sich unter seine Bettdecke. Ich sagte Toffifee „Gute Nacht", denn auch sie hatte sich bereits in ihrer Wolldecke auf dem Beifahrersitz eingekuschelt. Ich blickte melancholisch nach links und fand, dass der Fahrersitz neben Toffifee zu leer war.

„Einmal Texel, immer Texel!"
Wir beherzigten unser neues Motto und standen schon in den Sommerferien wieder auf dem gleichen Stellplatz in unserem Texel-Ferienpark hoch im Norden der Insel. Einen kleinen Umweg machten wir auf der Hinfahrt. Wir bogen ab in Richtung Strand und begrüßten unseren Leuchtturm. Toffifee stand kurz vor ihrem 1. Geburtstag, den wir hier auf Texel im Urlaub feiern

würden. Sie flitzte los und hüpfte wie ein kleines Zicklein, denn sie wusste genau, wo wir sind. Wir lachten und tranken chocomel mit slagroom. Es war schön, den Leuchtturm und mein weißes Haus wiederzusehen. Entspannt kamen wir Fünf mit dem Wohnmobil am Ferienpark an und parkten auf „unserem" Stellplatz. Auf dem Nachbarstellplatz begrüßte uns Toffifees zukünftige Freundin Pink. Ihre Pfote war gefühlt so groß wie unser komplettes Hündchen. Pink war eine Leonberger Hündin und so lieb und gutmütig, dass ich sie sofort mit adoptiert hätte. Die beiden spielten und tobten, aber Pink ging ganz behutsam mit der kleinen Toffifee um. Toffifee liebte Pink abgöttisch, suchte ihre Nähe und ließ sich sogar umkuscheln. Die beiden Hunde waren am Strand ein Bild für die Götter, wenn sie hintereinander herliefen. Dank Pink hüpfte Klein Toffifee jetzt auch durch die Wellen, denn sie wollte um jeden Preis in ihrer Nähe sein. Nach diesem Urlaub haben wir Pink dort leider bisher nie wieder getroffen.

Mit Pink erlebte Toffifee auf Texel ihren ersten Geburtstag. Ohne Pink wieder zu Hause war sie auch nicht einsam, denn Hunde und Menschen suchten stets ihre Nähe. Die ersten 12 Monate ihres Lebens waren im Flug vergangen und doch so intensiv für uns, gerade weil sie als Rettungsanker gestartet war und dann ihre ganz eigene Beziehung zu uns aufbaute. Toffifee war nun erwachsen und kastriert und trotzdem verspielt, quirlig und vor allem lebenswichtig für uns. Wir genossen jeden Tag mit unserem kleinen Wirbelwind und lachten viel, bis zu dem Tag im Herbst, der uns in höchster Not erwischte. Wir schrieben den 1. Oktober und wussten morgens beim Aufstehen noch nicht, dass die Folgenacht der blanke Horror für uns sein würde. Die Kinder gingen zur Schule, aber mein Mann kam an diesem Tag gegen Mittag nach Hause, da wir auf die Beerdigung unseres Nachbarn mussten. Nach diesem traurigen Erlebnis war ich froh, wieder zu Hause bei Toffifee und den Kindern zu sein. Wenn eine herzliche, liebe Familie, die schon viel Pech gehabt hat, wieder einen herzensguten Menschen aus der Familie verloren hat, ist das unbegreiflich. Mein Mann und ich waren sehr betroffen über so viel geballtes Leid. Die Familie ist mittlerweile fortgezogen. Unsere Toffifee mochte ihre kleine Hündin Luna sehr.

An besagtem Tag lief ich mit Toffifee nach der Trauerfeier Gassi. Danach spielten meine Tochter und ich mit der Kleinen im Garten. Als ich am Zaun die Tochter und Enkeltochter des Verstorbenen mit ihrer Hündin wiedertraf und sprach, rief nach einiger Zeit meine Tochter: „Mama, Toffifee frisst plötzlich ganz viel Gras." Durch ihren eh sensiblen Magen war das erst einmal nicht sehr ungewöhnlich, und ich unterhielt mich weiter mit der trauernden Familie.

„Mama, Toffifee kotzt! Mama sie kotzte und hat gleichzeitig Durchfall."

Der Alarm wirkte. ich verabschiedete die Familie und drehte mich um. Gerade in dem Moment sackte Toffifee langsam zusammen und ihre Augen waren weit aufgerissen und blickten, als stünde sie unter Drogen. Meine Tochter blieb bei Toffifee und ich rief die Tierärztin an und beschrieb aufgeregt und durcheinander diese Vergiftungssymptome.

„Wie schnell können sie da sein?", fragte die Tierärztin, deren Praxis eigentlich schon geschlossen war.

„In gut 5 Minuten", log ich und legte auf.

„Wir müssen schnell zum Tierarzt!", rief ich meiner Tochter zu. Sie war mit ihren mittlerweile gerade mal 13 Jahren plötzlich ganz cool und ruhig. Sie holte ein großes Handtuch, kuschelte Toffifee darin ein und nahm die Kleine so behutsam auf den Arm.

Alles andere als cool raste ich die Treppe hoch zu meinem Sohn, der am PC saß und online spielte.

„Schnell, wir müssen zum Tierarzt. Ist was Schlimmes passiert!"

Nach meiner sehr unmütterlichen Paniknachricht flitzte mein Sohn mit uns ins Auto, um danach im Affenzahn durch die Straßen zum Nachbarort zu rasen. Später habe ich erfahren, dass der Freund meines Sohnes, mit dem er am PC online spielte, zu Hause erzählt habe, dass Toffifee wohl tot sei.

Mit unerlaubtem Rekordtempo raste ich in Richtung Tierarzt. Mein Sohn saß hinter mir auf der Rückbank, meine Tochter mit Toffifee im Handtuch auf dem Beifahrersitz. Mein Sohn und ich waren außer uns und warfen immer wieder einen Blick auf Toffifee, die mit verklärtem Blick ins Nichts starrte.

„Toffifee schließt die Augen.", hörte ich meine Tochter sagen. Sie pustete der Kleinen immer wieder sanft ins Gesicht, bis die Augen sich leicht öffneten.

Auf der gerade leeren Straße raste ich ohne Verstand durch die rote Ampel, denn die Zeit wurde knapp. Wie hätte ich mich verhalten sollen? Meine Kinder waren an Bord. Ich muss sagen, ich habe in diesem Moment nicht nachgedacht. Wir standen alle furchtbar unter Strom. Mit Vollbremsung hielten wir vor der Tierarztpraxis. Ich öffnete die Beifahrertür für meine Tochter mit Toffifee auf dem Arm. Zusammen eilten wir Drei mit Toffifee in die Praxis. Die Tierärztin wartete schon auf uns. Geschickt lotste sie die Kinder in den Vorraum, um sich die Prospekte anzuschauen und auf ihren Papa zu warten.

Toffifee bekam eine Spritze oder Infusion. Die Details kann ich nicht wiedergeben. Ich fühlte mich mit Toffifee für den Moment in Sicherheit und war froh, dass wir es geschafft hatten, Toffifee lebend herzubringen.

Ich wurde ruhiger, aber als mein Mann kam, flackerte meine Panik wieder auf.

Unsere Kinder hatten ihn draußen vor der Praxistür abgeholt und ihm die Details der Tragödie kurz berichtet. Mein Mann hatte auf der Fahrt zur Praxis einen Abstecher gemacht und zu Hause etwas vom Erbrochenen auf dem Rasen eingesammelt und mitgebracht. Geklärt war die Ursache des Zusammenbruchs damit allerdings nicht.

Toffifee wurde etwas klarer, musste aber in dieser Nacht in der Praxis bleiben. Gemeinsam brachten wir sie zu einer geräumigen Box an der Wand. Sie wirkte so klein und jämmerlich und müde. Ich schlug vor, die Nacht auf einem Stuhl neben der Box zu verbringen. Nachdem mein kläglicher Versuch, in Toffis Nähe bleiben zu dürfen, dankend abgelehnt wurde, erklärte uns die Tierärztin, dass sie regelmäßig nach der Kleinen schaute und sie medizinisch versorgen würde. Wir verabschiedeten uns von Toffiee: „Schlaf Dich schön gesund, Wir kommen morgen früh wieder und holen Dich ab!"

„Wenn es Toffifee schlechter geht, melde ich mich sofort. Das verspreche ich Ihnen. Wenn Sie bis morgen früh nichts von mir gehört haben, ist das ein gutes Zeichen."

Ich schluckte und wir bedankten uns. Die Kinder fuhren mit meinem Mann. Ich heulte in meinem Auto hinterm Lenkrad während der kompletten Rückfahrt Rotz und Wasser. Wie sollten wir diese Nacht durchstehen? Toffifee ging es sehr schlecht und wir konnten nicht bei ihr sein. Wieder konnten wir unserem Hund nicht helfen. Wir konnten nur hoffen. Diese Situation ließ mich regelrecht in die Knie gehen. Erst Eule, dann Lakritze. Bitte nicht auch noch unsere kleine Toffifee.

Ob und was wir an diesem Abend gegessen haben, weiß ich nicht mehr. Ich habe meine Eltern angerufen und bin mit den Kindern hochgegangen, damit sie ihre Schultaschen packen können. Das sollte ein wenig Normalität in unseren Ausnahmezustand bringen.

Der Fernseher lief unten im Wohnzimmer zur Ablenkung. Ich blickte ständig zum Telefon und auf den AB, um ja keinen Anruf zu versäumen. Gleichzeitig hoffte ich, dass auch kein Anruf käme. Jedes Klingeln hätte mich so aufgeschreckt, weil es die Tierärztin mit schlechten Nachrichten sein könnte.

Meine Tochter kam die Treppe hinunter und konnte die Situation auch nicht mehr ertragen. Sie verarbeitete den Stress auf ihre Art und Weise. Was wir nie gekonnt hätten, tat sie mit Hingabe. Sie hatte kleine Teelichter sowie Steine und Muscheln aus ihrem Zimmer mitgebracht. Sie nahm den elektrischen Fotorahmen mit den Hundefotos und suchte ein sehr niedliches Bild von Klein-Toffifee auf ihrer orangenen Kuscheldecke. Auf diesem Foto sieht die Kleine aus wie ein Fotomodel...oder wie die Kinder es sagen: Wie unser Toffmodel.

Um den Rahmen herum baute unsere Tochter einen kleinen Altar aus Glitzersteinen und Muscheln. Vor das Foto setzte sie ein Teelicht und zündete es an. Mein Mann und ich mochten gar nicht hinsehen, so herzzerreißend schön und gleichzeitig traurig war dieser Anblick. Ich machte ein Foto und verschickte es an viele Kontakte, um überhaupt etwas zu tun und unser Elend mitzuteilen, weil ich es allein gar nicht mehr ertragen konnte. Wir brachten die Kinder irgendwann ins Bett und hofften, dass sie einschlafen würden. Irgendwie klappte das auch. Es war wohl die totale Erschöpfung nach all dem Stress. Ich nahm Handy und Festnetztelefon mit an unser Bett. Wie ich schlafen sollte, war mir schleierhaft. Und eigentlich hatte ich auch Angst vor dem Einschlafen. Ich hatte Angst, einen Anruf der Tierärztin zu verpassen. Und das, obwohl ich wusste, dass das nicht passieren konnte, denn ich war vor lauter Sorge weit vom Schlafen entfernt.

Barfuß ging ich die Treppe hinunter, vorbei an Toffifees leerem Häuschen ins Wohnzimmer. Aus einem der vielen Bücherregale schnappte ich mir das neutralste Buch, das ich finden konnten: Die wunderbare Welt der Sprachen von Charles Berlitz. Das Kapitel über die Sprache der Tiere würde ich natürlich auslassen. Ich schlich mit dem Buch unter dem Arm aus dem Wohnzimmer. Fast so, als wollte ich Toffifee im Flur nicht wecken. Im Vorbeigehen warf ich noch einen Blick auf den leeren Anrufbeantworter und fühlte mit meiner Hand in Toffifees Häuschen, um die Decke gerade hinzulegen. Diese Decke duftete nach Toffifee und ich machte mich schnell auf den Weg nach oben. Die Kinder und mein Mann waren eingeschlafen. Ich schlupfte unter die Bettdecke und begann mit dem ersten Kapitel:

"Es gibt 2796 Sprachen auf der Welt …" Irgendwo zwischen der babylonischen Sprachverwirrung und der baskischen Ausnahmesprache bin ich dann wohl eingenickt. Als ich kurz vor dem Klingeln des Weckers aufwachte, war ich klatschnass geschwitzt und saß im nächsten Moment senkrecht im Bett. Ich überprüfte Handy, Telefon und den AB unten im Flur. Die Tierärztin hatte nicht angerufen. Ein kleines Fünkchen Hoffnung flog durch den Raum und hellte die Stimmung etwas auf. Wir sollten es doch als gutes Zeichen werten, wenn die Nacht ohne Anruf blieb. Als mein Mann aus dem Bad kam und ich hineinschlupfte, erschrak ich beim Anblick im Spiegel. Ich neige zu Augenringen, aber so heftig waren sie noch nie. Ich sah aus wie ein total übernächtigter, blasser Zombie.

An diesem Tag hatte mein Mann Geburtstag. Ich weiß bis heute nicht, ob wir ihm gratuliert haben oder nicht.

Auf jeden Fall aber hat er an diesem Tag das schönste Geburtstagsgeschenk seines Lebens bekommen: Gegen 9 Uhr rief die Ärztin an und verkündete die frohe Botschaft: Toffifee hatte es geschafft. Sie war noch matt, aber wir durften die Kleine abholen. Was letztendlich der Auslöser für die Vergiftungserscheinungen war, ist bis heute nicht klar.

Ich rief meinen Mann an und fuhr los zur Tierartpraxis, um unsere kleine Toffifee nach Hause zu holen. Die Blicke in der Praxis zeigten mir, wie erschöpft und fertig ich aussehen musste. Ich bekam die kleine, noch geschwächte Toffifee auf den Arm und war der glücklichste Mensch auf der Welt. Auf dem Rückweg nahm ich Toffifee direkt auf meinen Schoß, damit sie nicht mehr so verängstigt und erschöpft gucken musste. Vorsichtig trug ich Toffifee ins Haus. Ich gab ihr Wasser und legte sie behutsam auf ihre Kuscheldecke. Wie in Zeitlupe legte sie ihr Köpfchen auf meine Hand. Obwohl diese Hand nach kurzer Zeit eingeschlafen war und kribbelte, wagte ich nicht, mich zu rühren. Dann wachte Toffifee auf und erhob sich im Schneckentempo. Ich nahm sie auf den Arm und trug sie eng angekuschelt nach draußen. Vorsichtig setzte ich die Kleine ins Gras. Sie liebte es und taperte zunächst langsam und noch etwas wackelig los. Dann entleerte sie ihre Blase und ich trug sie lobend wieder ins warme Haus. Vorsichtig setzte ich Toffifee auf dem Wohnzimmerteppich ab und setzte mich im Schneidersitz daneben. Die Kleine krabbelte im Zeitlupentempo auf meinen Schoß, schleckte meine Hand ab und nickte kurz ein. Wenig später wachte sie auf und trottete vor mir in die Küche. Ich gab ihr etwas Schonkost und sie nahm auch davon, wenn auch nicht komplett. Ich war zufrieden. Mit jeder Minute wurde Toffifees Blick wacher und sie lebendiger. Ich wagte einen kurzen Gassigang. Vorsichtig legt ich Toffifee das kleine Geschirr um und trug sie auf dem Arm hinaus bis an den Rand unserer schmalen Straße. Ich setzte Toffifee ganz behutsam ins Gras und die Kleine taperte gemächlich los. Immer aktiver und neugieriger wurde sie. Sie schnüffelte wieder nach spannenden Düften und lief etwas flotter. Ich war erleichtert. Die Welt hatte Toffifee wieder. Unsere Nachbarn hörten erschrocken von der Vergiftung und waren erstaunt, wie gut Toffifee schon wieder auf den Beinen war. Zuhause setzte ich mich an den Schreibtisch und Toffifee schlief auf meinem Schoß ein.

Als der Schulbus vorbeifuhr, ging ich mit Toffifee auf dem Arm nach draußen, um zusammen die Kinder zu empfangen. Mit Riesenschritten und angespannten Gesichtern näherten sie sich. Dann sahen sie Toffifee auf meinem Arm und strahlten. Sie rannten trotz der schweren Tornister und riefen den Namen der Kleinen. Überglücklich schlossen sie Toffifee in ihre Arme. Der Ballast an Sorgen fiel schlagartig von den Kindern ab. Wenig später kam mein Mann genauso glücklich kurz von der Arbeit, um Toffifee Hallo zu sagen. Wir hatten alle furchtbare Ängste durchgestanden und waren doch wieder komplett. Dass so ein Tierleid zu einem Happy End führen kann, war uns nach den Erlebnissen mit Eule und Lakritze gar nicht mehr bewusst.

Wir versuchten jetzt erst recht, Toffifee das Leben so schön wie möglich zu machen. Liefen mit ihr weite und abwechslungsreiche Strecken, verabredeten uns mit anderen Hunden zum kurzen Spiel oder gemeinsamen Laufen und herzten und kuschelten die Kleine. Trotzdem wäre ein zweiter Hund im Haus einfach artgerechter. Zudem wollte ich dem Schicksal trotzen und irgendwann wieder zwei Hunde haben.

Bis heute aber verbessern mich die Kinder:

"4 Hunde, Mama! Wir haben ja auch Eule und Lakritze im Himmel, Sie gehören für immer zu uns."

Mein Mann ging an die Idee vom Zweithund nur zaghaft heran. Die Erlebnisse hatten ihn geprägt. Oberster Wunsch war es, noch mehr Leid zu verhindern. Trotzdem willigte er ein, wenn wir es ganz langsam angingen.

Seine Worte: „Versuch Dein Glück! Wir werden sehen."

Ich ließ mir wahrhaftig Zeit und suchte noch nicht aktiv. Unsere ganze Aufmerksamkeit bekam die nächsten Wochen Toffifee.

Hier und da schaute ich mir die Internetseiten der Tierheime an. Im Alltagsstress ging die aktive Suche etwas unter. Viel Arbeit und ein Kalender voller Termine, Klassenarbeiten und Referate in der Schule und die zeitintensive Vorbereitung meines Sohnes für den Wettbewerb Jugend musiziert. Zuviel Hektik für das Einleben eines neuen Hundes in unsere Familie. Die täglichen Spaziergänge mit Toffifee waren meine Auszeit, mein Kurzurlaub vom Alltag. Als der Terminkalender wieder leerer war, verbrachte ich viel Zeit am PC, um in den Tierheimen nach einem Zweithund Ausschau zu halten.

Schon seit einiger Zeit hatte ich eine kleine Hündin im Visier, die schon länger in einem gut 30km entfernten Tierheim saß. Mozzle hieß der kleine Schatz und war laut Text überaus schüchtern und ängstlich. Die Kleine war nicht nur so alt wie Toffifee, sondern sah ihr auch noch ähnlich. Ebenfalls ein kleines Jack-Russell-Mischlingsmädchen, allerdings einfarbig beige. Das Witzige: Auch sie konnte richtig lächeln, wie Toffifee.

Am Tag, als mein Sohn zur Preisverleihung eingeladen war, beschlossen wir, im Anschluss daran in das Tierheim zu fahren, um Mozzle zu besuchen. Der Ort der Feier lag schon auf halbem Wege zum Tierheim. Doch als wir Fünf dort ankamen, war die kleine Mozzle just gerade vergeben worden. Die Tierheimhelferin, die täglich mit ihr Gassi ging und sie trainierte, hatte Mozzle adoptiert. Wir freuten uns für den kleinen Hund und gingen dort in den Feldern noch ein wenig mit Toffifee spazieren. Mit den Kindern lief ich noch kurz durchs Tierheim und begrüßte alle Hunde. Sie taten uns unendlich leid, aber der passende Funke für Toffifee sprang leider nicht über. Wir hatten uns auf einen gemeinsamen Spaziergang mit Toffifee und unserem Wunschhund, der Toffi ähnlich sah, eingestellt und kriegten den Kopf noch nicht frei für einen anderen Hund. Die Kinder waren traurig, aber ich tröstete sie: „Wer weiß, wofür das Warten gut ist? Vielleicht treffen wir einen Hund, der absolut zu uns gehört und hofft, dass wir auf ihn warten. Vielleicht ist dieses Hündchen noch nicht einmal geboren, sondern noch eine Idee im Bauch der Mama. Mit diesem Spruch sind die Kinder aufgewachsen und gaben sich damit auch zufrieden. Es blieb spannend und wir waren neugierig auf das, was da kommen sollte.

5 Smilla Schneewittchen

Wenn Gott einen Hund misst, zieht er ein Band um
das Herz, statt um den Kopf.
[Verfasser unbekannt]

Die zahlreichen Welpenangebote überschwemmten das Internet. Hier und da kontaktierte ich Anbieter, merkte aber oft sehr schnell, dass hier das dunkle Welpengeschäft mit armen Vermehrerhündinnen betrieben wurde. Ich war irritiert und fühlte mich mit der Suche gerade überfordert. Daher beschloss ich, die Recherchen einfach mal ein wenig ruhen zu lassen.

Ich lief viel mit Toffifee, brachte das Haus auf Vordermann und mistete mein Arbeitszimmer endlich einmal gründlich aus. Sogar mein E-Mail-Fach machte eine Schlankheitskur. Es wurde von mir aufgeräumt und von überflüssigem Ballast befreit. Dabei stieß ich plötzlich auf den Kontakt zu Toffifees Heimathof. Ich schmunzelte über meine unrealistische Hoffnung. Trotzdem tat ich es: Einfach nur so schrieb ich ein paar nette Worte und fragte, ob es mit Mama Frieda nicht aktuell noch einmal einen kleinen „Unfall" mit dem Nachbarsrüden gegeben hätte, da wir Verstärkung für Toffifee suchten. Die überraschte und euphorische Antwort ließ nicht lange auf sich warten. Wer hätte das gedacht? Es schien wirklich, oder auf jeden Fall möglicherweise, Nachwuchs im Anmarsch zu sein. Ganz sicher war man nicht, aber Toffifees Mama war läufig durch die Bauernschaft spaziert.

Meine Familie jubelte, als ich die frohe Botschaft verkündete.

Die Suche war beendet. Wie damals bei Eule. Wir waren alle bereit, zu warten.

Der Babybauch von Toffifees Mama wuchs und wuchs tatsächlich ganz beachtlich. Über alle Zwischenstadien wurden wir per WhatsApp-Foto bestens informiert. „Gigantisch" – mehr fiel mir zum Mama-Foto kurz vor der Geburt nicht ein.

Als wir während eines Familienausflug gerade an einer idyllische Talsperre Rast machten, kam eine sensationelle WhatsApp-

Nachricht: Unsere werdende Welpenfamilie hatte die Vermutung, dass der Hundepapa Nachbars Border Collie sein könnte.

Wir standen an der Talsperre, jubelten laut und freuten uns riesig. Ein Border Collie–Jack Russel-Dackel-Mix. Das wäre ja der Wahnsinn!

Fünf Tage vor dem zwölften Geburtstag meines Sohnes kam die frohe Botschaft per WhatsApp-Foto. Unser neues Familienmitglied war geboren. Auf dem Bild sahen wir ein großes Durcheinander in schwarz-weiß. Zehn üppige Welpen hatte Mama Frieda zur Welt gebracht. Niemand hatte bei diesem Beweisfoto noch Zweifel daran, dass der Papa ein Border Collie ist.

Vier Wochen später machten wir Fünf uns auf den Weg zu Toffifees Heimatort. Da wir ja nun quasi auch schon irgendwie zur Familie gehörten, durften wir unser Hündchen zuerst aussuchen. Es gab ein großes Hallo zur Begrüßung und die niedliche Toffifee wurde bewundert. Mama Frieda war noch angespannt, Toffifee ebenfalls. Wir nahmen Toffi an die Leine und beäugten die Welpen. Eine gefühlte Ewigkeit waren wir dort, bis wir uns entschieden und auf unser kleines Welpenmädchen geeinigt hatten. Am liebsten hätte ich alle genommen.

So süß und so unterschiedlich vom Temperament und Aussehen. Wir entschieden uns für das kleine Mädchen mit den hübschesten Augen. Sie schien besonders menschenbezogen. Ich war gespannt, wie die Kleine sich bis zum Abholtag mit gut 8 Wochen entwickelt haben würde. Wir fuhren nach Hause und waren selig. Toffifee schlief auf der Heimfahrt sofort auf meinem Schoß ein. Das Erlebnis war für sie eindeutig Stress und Aufregung pur gewesen.

Zu Hause schaute ich mir intensiv die Fotos von unserem kleinen Hundebaby an und grübelte, welcher Name am besten zu ihr passen könnte. Nicht nur „niedlich" war die Kleine. Wunderschön war und ist das Wort, das sie am besten beschreibt. Ich öffnete das Internet und ging Listen mit weiblichen Hunde- und Menschennamen durch. Mein erster Favorit: SCHNEEWITTCHEN.

Platz zwei belegte auf Anhieb der Name SMILLA. Diese Mischung aus grönländischer und dänischer Herkunft bedeutet „die Lächelnde".

Dieses kleine Welpenmädchen war so schön, dass ich mich kaum entscheiden konnte. Schneewittchen wurde von meiner Familie direkt abgelehnt. Niemand wollte auf der Straße oder auf dem Hundeplatz laut „Schneewittchen" rufen. Vor allem die Männer nicht. Der Name Smilla wurde von meiner Familie besser bewertet.

Das Namensduo Toffiffee und Smilla wurde letztendlich einstimmig angenommen.

Meine ganz persönliche Namensvariante setzte dem hübschen Hundemädchen die Krone auf. Für mich heißt dieses bezaubernde Wesen für immer Smilla Schneewittchen.

Vor dem Abholen stand noch ein 10-tägiger Texelurlaub an. Als wir ihn für die Sommerferien gebucht hatten, wussten wir ja noch nicht, dass wir „Nachwuchs erwarten würden".

Mit gemischten Gefühlen ging es im Wohnmobil los. Wir freuten uns auf unsere Insel, lange Strandspaziergänge mit Toffifee und hoffentlich warme Sommersonne. Wir machten tolle Ausflüge, z.B. einen Waldspaziergang auf dem Sommeltjespad von De Koog. Sommeltjes sind die kleinen Erdwichtel von Texel. Auf diesem Pfad suchen und finden kleine und große Leute die Erdwichtel aus Stein und Holz oder auf Baumrinde gemalt an den verschiedensten Stellen der Route. Ich liebe es, auf dem Sommeltjespad zu laufen. Wir alle suchen die kleinen, Erdwichtel mit großer Energie, ähnlich der Ostereiersuche im Garten. Toffifee war dabei sofort außer Rand und Band. Die wundervollen Sommeltjes-Gesichter ziehen uns bis heute alle magisch an.

„Beim nächsten Mal zeigen wir Smilla auch die Sommeltjes", rief mein Sohn. Wie gerne hätte ich das kleine Schneewittchen jetzt schon hier. Durch diesen gebuchten Urlaub würden wir Smilla erst 4 Tage später abholen als freigegeben.

Keiner mochte es so recht zugeben, aber jeder wollte Smilla so schnell wie möglich zu uns nach Hause holen. Die größten Bauchschmerzen machte mir die Vorstellung, dass womöglich alle Welpen schon abgeholt worden wären, wenn wir dort ankamen. Nur Smilla würde allein mit der Mama und ohne Geschwister zurückbleiben, spukte es mir durch den Kopf. Meiner Tochter erging es ähnlich. Für unsere Männer war eine frühere Heimfahrt kein guter Plan.

Einen Tag lang quälte ich mich weiter mit diesen Gedanken. Dann handelte ich. Ich schrieb die Züchter an, um herauszufinden, wie allein Smilla sein würde, bevor wir kämen, um sie zu holen. Der Antwortsatz reichte, um die Urlaubsstimmung enorm anzuheben. Man sagte uns, dass Smilla erst die Vierte sei, die abgeholt würde. Es blieben also noch genug Welpen auf dem Hof. Erleichterung machte sich breit. Wir genossen den Resturlaub, fuhren aber letztendlich trotzdem einen Tag früher zurück, um Smilla schnellstens bei uns zu haben. Zu Hause angekommen folgte, wie immer, das große Wohnmobilausräumen. Um später alles in Ruhe waschen, sortieren und einräumen zu können, parkten wir den Wohnmobilinhalt zunächst komplett in meinem Arbeitszimmer. Diesen Berg abzubauen, dauerte im Normalfall einige Tage. Da ich aber für die kleine Smilla alles fertig und wohnlich haben wollte, legten Waschmaschine, Trockner und ich unseren Turbogang ein.

Am nächsten Morgen saßen wir alle aufgeregt am Frühstückstisch. Wir prüften noch einmal, ob wir beide Futternäpfe startklar hatten und das richtige Welpenfutter im Schrank wartete. Im Flur stand nun auch Toffifees Stoffhaus nicht mehr allein. Ihrem Häuschen gegenüber, stand ein zweites Haus, ebenfalls naturfarben. Genauso weich und kuschelig, allerdings ein Stück größer. Sicher ist sicher: Man weiß ja vorher nie, was die Kleine vom großen Border-Collie-Papa geerbt hat. Ihre Pfoten waren schon auf den aktuellen WhatsApp-Fotos beachtlich für so ein kleines Würmchen.

Punkt 8 Uhr saßen wir mit Toffifee im frisch geputzten Wohnmobil, um ihre kleine Halbschwester Smilla abzuholen. Wie würde Toffi reagieren? Ich war gespannt.

Wir parkten mit dem Wohnmobil direkt vorm Dieleneingang. Da die Welpen ja nun schon größer und mobiler waren, blieb Toffifee von Anfang an ohne Leine.

Wir freuten uns, als Mama Frieda um die Ecke kam und uns und ihre Tochter Toffifee schnüffelnd begrüßte. Ich habe mal gelesen, dass Hundemütter und ihre Babies sich später nicht mehr erkennen. In diesem Moment schienen die beiden sehr vertraut miteinander. Toffifees Mama führte uns zur Haustür. Wenig später tapsten alle übrigen Welpen raus zu uns auf den Rasen. Smilla vorweg. Sie war noch schöner geworden, und ich war stolz auf mein Schneewittchen. Menschenbezogen wie schon zuvor kam sie auf uns zu und ließ sich herzen und streicheln. Auch Toffifee schnüffelte die Kleine neugierig ab. Wir mussten grinsen, denn unsere kleine Toffifee war plötzlich die Größte zwischen den Welpen. Nur Toffifees Mama war größer als sie. Nach kurzem Welpenschnuppern drehte Toffifee sich um und flitzte mit ihrer Mama über die große Rasenfläche. Beide Hunde jagten sich und hatten offensichtlich mächtig viel Spaß. Die Familie staunte, wie flink Toffifee flitzen und Haken schlagen konnte. Nur ab und zu machte Toffifee kurz Halt, um uns zu herzen und die kleine Smilla sanft zu stupsen. Wir alle waren glücklich. Ich versprach der Familie viele Fotos per WhatsApp, und es gab ein großes Winken zur Verabschiedung. Niemand machte sich Sorgen, dass Smilla Heimweh haben könnte. Mit ihrem Schnuffeltuch, das nach Heimat duftete und mit Toffifee als Verstärkung konnte nichts passieren. Die Männer saßen vorne im Wohnmobil und meine Tochter und ich mit den beiden Hunden auf dem Arm hinten. Ich durfte Smilla halten. Von Arm zu Arm beäugten sich die beiden Hunde und beschnüffelten sich von Zeit zu Zeit. Die Fahrt verlief sehr harmonisch und Smilla nickte kurz vorm Ziel ein. Damit sie sich entleeren konnte, gingen wir nach dem Aussteigen direkt in den Garten. Toffifee blieb eng bei Smilla, bis sie gemacht hatte. Eigentlich wollten wir die Hunde danach direkt füttern, hatten aber die Rechnung ohne Toffifee und Smilla gemacht. Toffifee wollte Smilla wohl erst den Garten zeigen. Wie ein Flummi hüpfte sie übermütig durch alle Ecken. Klein Smilla tapste neugierig hinterher. Wir mussten lachen. Unser neues Dreamteam hatte sich anscheinend gesucht und gefunden. Die zwei drolligen Hündchen hatten so viel Spaß, dass ich vergaß, nach Eule und Lakritze „Ausschau zu halten". Sogar das schlechte Gewissen blieb aus. Schließlich wusste ich, dass sie immer hier sein würden. Wir lockten Toffifee und Smilla ins Haus, wo sie nebeneinander aus ihren Näpfen mit Appetit ihre individuelle Kost futterten. Während

Toffifee genoss, fraß Smilla flott. Da die Kleine schneller fertig war, schleckte sie ihren Napf genussvoll aus, bis auch Toffifee ihre Portion geschaffte hatte. Dabei schlenkerten Smillas Hängeohren lustig hin und her. Futterneid hat es bei den beiden bis heute nicht gegeben.

Die erste gemeinsame Nacht würde ich als aufregend und zu späterer Stunde entspannt bezeichnen. Kleine Schlummerpausen verbrachte Smilla am Nachmittag meist in Eules Pool-Korb auf einer zweiten orangenen Decke. Die warme Farbe stand der schwarz-weißen Smilla auch so gut wie Toffifee. Unsere große Toffifee zog sich aber zwischendurch auch gerne mal in ihr Häuschen zurück. War viel los für beide Hunde. Smilla Schneewittchen hatte bis zum Abend noch nicht einmal in ihr Stoffhäuschen hineingeschaut. Ihr Heimattuch lag dort empfangsbereit, kam aber nicht zum Einsatz. Mehrmals schnüffelte und lauerte unser Schneewittchen aber an Toffifees Häuschentür und Gitterfensterchen. Die erste Nacht wollte ich mit beiden Hunden im Flur verbringen. Auf keinen Fall wollte ich verpassen, wenn Smilla sich entleeren musste. Ich baute mir ein Bett aus Klappmatratze, Kopfkissen und Wolldecken und versuchte mein Glück, nachdem die Hunde noch einmal im Garten „Gassi" waren und ich das Nachtlämpchen aufgebaut hatte. Toffifee und ich wollten nämlich nur zu gerne schlafen gehen.

Das Nachtlämpchen in der Steckdose hüllte den Flur in ein sanftes Dämmerlicht. Toffifee lag schon in ihrem Häuschen. Ich streichelte unsere Große und nahm dann vorsichtig das kleine Schneewittchen auf den Arm. Ich wiegte es sanft und sang tatsächlich ein Schlaflied, weil sie noch aufgewühlt war.

„Schlaf, Hündchen schlaf…" und „La-le-lu…nur der Hund im Mond schaut zu…"

Ganz vorsichtig und behutsam legte ich Smilla in ihr Häuschen. Unter ihr eine mollige Kuscheldecke. Direkt vor ihr auf dieser Kuscheldecke wartete ihr Heimattüchlein und verströmte hoffentlich auch den wohlbekannten, beruhigenden Duft. Auf Zehenspitzen schlich ich hinüber zu meiner Klappmatratze und legte mich in Zeitlupentempo möglichst lautlos unter die Decke. Ich musste schmunzeln, denn diese Schleichmaßnahmen kannte ich noch aus der Babyzeit meiner Kinder. Ein kläglicher Versuch, sie nicht zu wecken, um selbst eine kleine Portion Schlaf abzubekommen. Smilla lag in ihrem Häuschen und jammerte leise. Ich summte noch etwas weiter. Plötzlich war das Jammern verstummt. Ich atmete auf, denn ich nahm an, dass unser kleines Schneewittchen eingeschlafen war. Ich kuschelte mich tief unter meine Decke und drehte mich müde zur Wand. Keine Minute später gab es einen Riesenalarm. Toffi bellte, Smilla jammerte wieder und ich sah gerade noch, wie Smilla aus Toffifees Häuschen kam. Dicht gefolgt von einer sehr aufgebrachten Toffifee. Beide kamen zu mir, um sich zu beklagen.

Ach ja, da hatte Klein Smilla sich gedacht: "Ich suche mir mal einen sicheren, kuscheligen Platz bei Toffifee." Und dann ging das mächtig daneben.

Meine Kinder und mein Mann waren schon die Treppe hinuntergestürmt. Toffifee flitzte zu ihnen ans Treppengitter und war immer noch außer sich wegen des Überraschungsbesuches. Und überhaupt war ihr der abendliche Rhythmus ziemlich durcheinander gebracht worden. Alle redeten durcheinander und jeder versuchte, den Hunden gut zuzureden. Toffifee kotzte auf den Boden. So aufgeregt war sie. Wir mussten eine ruhige Lösung finden.

Ich nahm meine Tochter mit ins Boot und ließ die Männer wieder schlafen gehen.

Wir öffneten die Wohnzimmertür und bauten aus beiden Sofas zwei gemütliche Betten. Meine Tochter bekam Smilla mit auf ihr Sofa. Außerdem das Heimattuch. Auf dem Kopfkissen, angekuschelt an meine Tochter, war die müde Smilla plötzlich ganz ruhig und im Nu eingeschlummert. Toffifee durfte bei mir auf dem anderen Sofa schlafen und war ebenso ruhig, als ich sie neben mir auf dem Kopfkissen in den Schlaf streichelte. Immer wenn ich wach wurde, schlich ich aus dem gemeinsamen Mama-Toffifee-Bett und nahm die kleine Smilla vorsichtig aus den Armen meiner Tochter. Ich trug das kleine Schneewittchen in den Garten, kuschelte sie noch ein wenig und setzte sie dann ganz behutsam ins weiche Gras. Es dauerte nicht lange, bis sie sich entleerte. Angekuschelt ging es auf meinem Arm zurück ins Wohnzimmer.

Vorsichtig legte ich Smilla wieder auf das weiche, warme Kopfkissen neben meine Tochter. Im Nu, ganz klein zusammengerollt, schlief Smilla weiter. Ich kuschelte mich an unsere "große" Toffifee, die ebenfalls ruhig schlummerte. Den Gang machte ich mit unserem Welpen noch zweimal in dieser Nacht. Am nächsten Morgen waren wir alle gut gelaunt und entspannt. Mit Tieren im Haus macht man einfach etwas richtig!

Smilla und Toffifee hatten sich gesucht und gefunden. Im Gegensatz zu Eule ging hier von vorneherein ganz viel Energie für die intensive Zweisamkeit von Toffifee aus. Toffifee war immer ein glücklicher Hund. Jetzt schien sie überglücklich und komplett. Hin und wieder ließ Toffifee es sogar zu, dass Smilla mit in ihrem Häuschen liegen durfte.

Smilla war auch sehr auf uns Menschen bezogen und beim Gassigehen artig.

Trotz ihres vorbildlichen Gehorsams war unser Schneewittchen natürlich auch in der Hundeschule. Ohne die Verstärkung von Toffifee musste Smilla ja auch lernen, sich zu bewähren. Schon die Hinfahrt zur ersten Hundeschulstunde war ein Trauerspiel. Ohne Toffifee jammerte der kleine Wurm, obwohl ich den Hundesicherheitsgurt am Beifahrersitz für sie befestigt hatte. Ich streichelte und kraulte Smilla, aber sie jammerte und zitterte aufgeregt. Bisher kannte sie die Autofahrt allein ohne Toffifee nur von ihrem ersten Tierarztbesuch. Dort beim Tierarzt tat sie das, was sie bis heute immer wieder tut: Smilla Schneewittchen pinkelte auf den Behandlungstisch. Egal, wie lange wir vorher mit ihr gelaufen sind: Es gibt keinen Tierarztbesuch, bei dem sie das bisher nicht getan hat.

Obwohl unsere Autofahrt nicht vor der Tierarztpraxis endete, war Smilla aufgeregt und unsicher. Auf dem Parkplatz vor der Hundeschule trafen wir schon die ersten Welpen. Smilla war neugierig, aber eine Restangst blieb.

Sie stand und schaute. Nachdem ich sie ein paar Meter getragen hatte, lief sie brav neben mir zum Platz. In einen großen Kreis stellten wir Hundebesitzer uns mit unserem Welpen an der Leine auf dem Rasengelände auf. Auch mit Lakritze und Toffifee war ich schon hier gewesen. Die Grundkommandos waren mir deshalb geläufig. Wichtig war mir Smillas Kontakt zu anderen Welpen.

Smilla beäugte vor dem Unterrichtsstart neugierig die Hündchen rechts und links neben sich. Vorsichtig durfte sie die Welpen, deren Besitzer es zuließen, begrüßen und beschnüffeln. Der Unterricht begann und Smilla meisterte die allerersten Grundkommandos mit Bravour. Sie lernte schnell und hing an meinen Lippen. Während der Lernpause durften die Welpen miteinander spielen. Zunächst stand Smilla zwischen meinen Beinen. Dann aber tapste sie zaghaft mit mir zusammen los zu einem wuscheligen Hündchen ihrer Größe. Nach kurzen Kontakt kam ein anderer Welpe hinzu, und unser Schneewittchen suchte das Weite. Zwei Minuten später war Smilla der erste Welpe, der an diesem Tag im Schisshasengehege saß. Ein Stück umzäunter Rasen in der Mitte des Trainingsplatzes, von wo ängstliche Welpen die anderen erst mit Sicherheitsabstand beobachten können. Neben Smilla im Schisshasengehege hockte ich und streichelte unser kleines Angsthäschen.

In der nächsten Stunde lief es für unsere Verhältnisse schon viel besser. Beim freien Spiel hatte Smilla zaghaft einen anderen schüchternen Hund gefunden. Ich war von Anfang an verwundert, dass Smilla sich bei den fremden Hunden so vorsichtig und ängstlich verhielt. Zuhause hatte sie 24 Stunden am Tag artgerechten Hundekontakt. Sie tobte und kuschelte mit Toffifee. Die Zwei waren und sind bis heute ein Herz und eine Seele.

Schon in der zweiten Spielpause der Trainingsstunde saß Smilla wieder im Schisshasengehege. Allerdings – so mein Empfinden – nicht, weil sie es nötig hatte, sondern um einem sehr ängstlichen Hund Gesellschaft zu leisten. Ich wechselte in eine andere Welpengruppe. Dort passten mir die Trainingszeiten auch besser. Da Smilla super gehorchte und sehr artig bei mir blieb, wenn ich sie darum bat, entschied ich mich für eine Welpengruppe, die mehr einem Kleinkind-Spielkreis ähnelte. Hier ging es um das Miteinander der Welpen. Die Hündchen selbst setzten sich gegenseitig Grenzen und die Trainerin griff ein und gab uns Tipps, wenn eine Situation eskalierte. Nach einigen Stunden langweilte Smilla sich und juchzte vor Freude, als sie wieder bei Toffifee war und wir später alle gemeinsam durch den Wald liefen. Nach Ende der Welpenspielgruppe verließen wir die Hundeschule, ohne weitere Trainingskurse zu belegen. Smilla hörte eh schon aufs Wort und wir beschlossen, unsere Gassiausflüge lieber noch zu verlängern und abwechslungsreicher zu gestalten. Am liebsten ist mir der einstündige Spaziergang am Kanal. Von Brücke zu Brücke und auf der anderen Seite wieder zurück. Die Hunde können dort ohne Leine flitzen. Manchmal haben wir Drei den Kanal dann ganz für uns alleine. Diese menschenleere Auszeit genieße ich zum Krafttanken wie einen Kurzurlaub. Manchmal treffen wir andere Hunde. Hunde und Menschen kennen sich bereits. Man wechselt kurz ein paar Worte, während die Hunde miteinander toben oder sich beschnüffeln. Namentlich kennt man die Herrchen und Frauchen kaum. Für den Großteil der Kanalbekannten bin ich sicher auch „Mama Toffifee und Smilla". Seit einiger Zeit war ich nun nicht mehr dort. Der traurige Grund: Giftköderalarm. Drei Hunde und eine Katze sind bereits gestorben. Wut, aber auch Angst plagen uns Hundebesitzer. Ich laufe an Ersatzplätzen und vermisse „meinen Kanal". Irgendwann werde ich wieder hingehen. Die Wut bleibt. Für uns Hundebesitzer ist das Mord. Vorm Gesetz Sachbeschädigung.

Viele Menschen bewunderten unsere kleine, süße Smilla.

Einige Wochen später dachten so manche von ihnen im ersten Moment, wir hätten einen neuen Hund.

Wer konnte denn auch ahnen, dass die kleine Smilla Schneewittchen ein Überraschungsei ist?

„Mama! Mit Smillas Ohr stimmt etwas nicht!"

Mein Sohn rief morgens aufgeregt aus dem Wohnzimmer. Da Toffifee manchmal Ohrenprobleme hatte, befürchtete ich, dass uns das mit Smilla auch bevorstand, und sie sich gerade mit der Pfote das Ohr kratzte und den Kopf schief hielt. Falsch gedacht. Dieses Ohr war nicht krank, sondern äußerst lebendig und mobil. Ich blieb im Türrahmen stehen, staunte Bauklötze und musste herzhaft lachen. Da saß die kleine Smilla, blickte mich mit ihren niedlichen, dunklen Augen an und propellerte. Nicht die ganze

Smilla, sondern ihr linkes Ohr. Das eigentliche Schlappöhrchen stand waagerecht ab und drehte sich im Turbogang. An diesem Sonntag riefen wir schnell meinen Mann und meine Tochter herunter, um gemeinsam zu staunen und zu lachen. Als dann noch das zweite Ohr waagerecht abstand und rotierte, konnten wir uns kaum halten. Besser hätte Pippi Langstrumpf ihre Zopffrisur auch nicht hingekriegt.

Mittags ahnten wir, dass große Veränderungen im Gange waren, die Smilla wachsen lassen würden. Die Metamorphose unseres kleinen Smillawelpen ging mit Riesenschritten voran. Mal hingen die Öhrchen wie immer, mal propellerte das ein oder andere Ohr und plötzlich gab es die ersten Versuche, die Öhrchen zu langen Ohren aufzustellen. Mit einem Stehohr lief das Schneewittchen durch den Tag. Alle Stadien hielt ich mit Fotos für die Ewigkeit fest. Die Züchter waren genau so verblüfft wie wir. Ich googelte Border Collie – Fotos im Internet und wunderte mich, wie viele Exemplare dieser Rasse ich mit langen Stehohren vorfand. Zwei Unterschiede zu Smilla gab es: Erstens hatten die Internetohren flauschiges Fell, während kurzes Jack-Russel-Fell die langen Smilla-Ohren dezent schmückten. Zweitens saßen die langen Internetohren auf großen Border-Collie-Körpern, während sie Smilla zu „Ohren mit Hund" machten. Amüsiert verfolgten wir die Entwicklung. Zwei Tage später war der kleine Border Collie mit den großen Ohren komplett. Da sie nicht mehr viel größer werden würde, blieben diese Ohren auf dem kleinen Körper ihr besonderes Markenzeichen. Ohrenprobleme hatte Smilla bis heute noch nie. Toffifees Hängeöhrchen, die beim Schnüffeln oft nah am Boden schlürten, waren viel anfälliger für Reizungen.

Weil Smilla durch ihren Dackelanteil eine stattliche Länge hatte, erinnerte sie mit ihren „neuen" Ohren jetzt ein wenig an einen Corgi. Allerdings waren ihre Beine länger, der Körper graziler und schlanker und ihre Bewegungen geschmeidiger.

Ein wunderschönes Schneewittchen eben...

Beide Hunde lieben bis heute die Gassiausflüge, die wir mit der kompletten Familie unternehmen. Egal ob am Kanal, durch den Wald oder in der Siedlung: Die Hauptsache für die Hunde ist scheinbar, dass ihr Familienrudel komplett ist. Toffifee und Smilla Schneewittchen sind überaus schnell und lieben es, über die Felder oder am Strand von Texel zu flitzen. Smillas Bewegungen sind nicht nur sehr geschmeidig, sondern sehr sportlich. Und sie ist sehr geschickt. Obwohl Toffifee superschnell und wendig ist, ist Smilla ihr meist eine Nasenlänge voraus. Smilla liebt es, Bällchen zu holen oder der Frisbeescheibe hinterherzujagen, um sie dann mit einem sportlich-eleganten Sprung in der Luft zu fangen. Smilla liebt Intelligenzspiele noch mehr als Toffifee und zeigt sich darin überaus clever. Die etwas bessere Schnüffelnase scheint aber Toffifee zu haben.

Smilla ist aber auch heute von beiden Hunden immer noch die Ängstlichere. Sie geht nicht so forsch auf alle Zwei- und Vierbeiner zu wie Toffifee. Smilla versteckt sich erst einmal gerne hinter ihrer älteren Halbschwester, wenn ein neues Abenteuer im Anmarsch ist oder eine fremde Hund- oder Menschbegegnung ansteht. Allein ist sie oft vorsichtig oder bellt beim Gassigang aus Angst entgegenkommende Hunde an. Gehe ich mit Smilla Schneewittchen allein, gibt es ihr Sicherheit, eng bei mir zu laufen. Sie ist mein kleiner „Luxushund", der nicht streikend sitzen bleibt, weil ihm die Strecke oder das Wetter nicht passt. Unser hübsches Schneewittchen kennt quasi keine Trotzphasen und kann bis heute eigentlich rund um die Uhr ohne Leine mit uns laufen. Ich denke, das ist der Border Collie in ihr. Sehr bezogen auf seinen Menschen. Im Gegensatz zu Smilla zeigt sich bei Toffifee in Anflügen von Trotzphasen auch einmal der Dackeldickkopf. Wenn es regnet, setzt Toffifee sich bis heute auf die Straße und streikt. Einmal drehte sie sich bei Regen am Kanal sogar um, rannte den Weg zurück und legte sich stumpf unter mein Auto.

Ist Smilla gemeinsam mit Toffifee unterwegs, fühlt sie sich sicher. Erst recht hinterm Zaun, wenn es darum geht, andere Gassigeher anzubellen. Das Kläffen kannten wir von Eule nicht. Und Lakritze kannten wir zu wenig, um eine Entwicklung diesbezüglich zu beobachten.

Ich möchte wieder joggen. Von Anfang an habe ich geahnt, dass Smilla der richtige Laufpartner für mich ist. Einmal täglich gehen wir mit den Hunden jetzt getrennt Gassi. Toffifee hat dann im Wald den Papa für sich allein, während ich am Kanal mit Smilla laufe. Mein Fernziel ist der Halbmarathon auf Texel. Smilla ist die perfekte Trainingspartnerin. Ohne Leine und doch eng bei mir. Sie hört aufs Wort und liebt das gemeinsame Laufen. Und sie wartet geduldig, wenn sie merkt, wie sehr ich nach jahrelanger Pause aus der Übung bin.

Smilla hat sehr sensible Antennen für das Wesen anderer Hunde und Menschen und spürt sofort, wenn ihr Gegenüber ihr nicht hundertprozentig positiv gegenübersteht. Sie ist eine faszinierende Hündin, auf ihre ganz spezielle Art und Weise.

Vier Hunde – vier unterschiedliche Persönlichkeiten.

Wir möchten keinen Tag mit ihnen missen.

Wir können den Wind nicht ändern, aber wir können die Segel richtig setzen.
[Aristoteles]

Heute ist Muttertag.
Bald sind Eule und Lakritze vier Jahre tot.
Toffifee wird im Sommer schon vier Jahre alt. Das Nesthäkchen Smilla hat kürzlich mit uns ihren zweiten Geburtstag gefeiert.
Ich erfülle mir heute einen ganz besonderen Wunsch: Zum ersten Mal werde ich allein den Rosengarten besuchen.
Nach einem ausgiebigen, gemeinsamen Frühstück bekomme ich wunderbare Muttertags Geschenke: Eine CD mit Balladen, ein wunderschönes, selbstgeschriebenes Gedicht von meinem Sohn und außerdem von meiner Tochter eine tolle, motivierende Collage, die mir Mut machen soll, unsere Geschichte zu Ende zu schreiben.
Ausgerüstet mit der neuen CD und Muscheln, die die Kinder mir für Eule und Lakritze mitgegeben haben, düse ich in meinem kleinen Auto los.

Vor einem knappen Monat waren wir nach langer Pause alle zusammen im Rosengarten. Wir hatten plötzlich das Bedürfnis, dort nach dem Rechten zu sehen.
Auslöser für diese Entscheidung war ein Internetvideo über die „Rosengarten-Sterne-Gedenknacht" an unserem Standort. Ich schaute mir das Video am PC an und war gerührt, als ich in der Dunkelheit der Nacht die vielen brennenden Kerzen auf dem großen Streubeet leuchten sah. Auf den Fotos und im Video suchte ich zwischen den Kerzenlichtern unsere beiden Gedenkschilder. Mehrmals schaute ich mir den Film an, aber ich konnte sie nicht entdecken.
Die lange Auszeit zuvor hatten wir uns ganz bewusst genommen. Nicht aus Nachlässigkeit oder Desinteresse, sondern damit für die Kinder Ruhe einkehren konnte. Das gelingt allerdings bis heute längst nicht immer. Traurige Momente berühren uns alle

immer wieder und werden das auch zukünftig tun. Wir wollten wissen, ob die Gedenkschilder von Eule und Lakritze nach wie vor nebeneinander im Streubeet stehen. Deshalb hatten wir uns auf den Weg gemacht.

Alles war und ist beim Alten. Wären die Schilder getrennt worden, hätten wir sie wieder eng zusammengestellt. Auch die Trauer über den Verlust war schlagartig wieder da, als wir vor dem Streubeet standen. Zum ersten Mal war auch Smilla dabei. Toffifee und Smilla hatten – im Gegensatz zu Lakritze - keine Hemmungen, in die helle, verbrannte Tierasche zu treten. Wir alle beeilten uns, weiterzugehen, um die aufflackernde Trauer nicht eskalieren zu lassen. Leichtfüßig hüpften Toffifee und Smilla vor uns her. Wieder einmal mehr zauberten unsere verspielten Hündchen uns ein Lächeln ins Gesicht. Nach unserem Schock durch den Verlust von Eule und Lakritze waren und sind Toffifee und Smilla Schneewittchen die beste Medizin.

Meine Gedanken während der heutigen Autofahrt an diesem Muttertag verweilen auch noch an einem anderen Ort der Erinnerung: Auf eine phantastische Art und Weise hat der Rosengarten für die Trauernden ein virtuelles Gedenkportal eingerichtet.

Dort habe ich auch für Eule und für Lakritze jeweils eine persönliche Gedenkseite eingerichtet. Mit Zitaten, persönlichen Worten, Fotos und einem kleinen Film. Möchte man Anteilnahme zeigen, sendet man eine Rose aus der Bildauswahl an andere Trauernde. Rosenbilder, zum Teil mit eigenen Worten oder Gedichten, die Menschen mir dort gesendet haben, berühren mich. Ich fühle mich verbunden mit den Menschen in diesem Portal, die auch ihr Tier, ihr Familienmitglied verloren haben. Wer hier offen um sein Tier trauert, weiß, wie die anderen Trauernden sich fühlen. Jeder hat seine eigene Geschichte, aber alle verbindet der Verlust.

Die letzten Meter des Wirtschaftsweges bis zum Parkplatz fahre ich langsam und betrachte dabei das Rosengartengelände von außen. Ein idyllischer Park unter strahlend blauem Himmel. Wie viele Schicksale treffen hier zusammen? Hinter Hecken und

Büschen ragt die Pyramide empor, in deren Mitte ich noch vor einem Monat mit meinem Mann, unseren Kindern sowie Toffifee und Smilla im Kreis stand. Keine vier Jahre zuvor war ich mit meinem Mann und den Kindern ebenfalls an dieser Stelle in der Pyramide. Eule war gestorben und wir zum ersten Mal im Rosengarten. Im Kraftzentrum in unserer Mitte saß die kleine Lakritze. Gut drei Wochen später war sie ebenfalls tot. Mit dem zweiten Gedenkschild, das wir neben Eules Schild aufstellten, sehe ich uns in diesem Moment, wie gestern, verloren am Streubeet stehen.

Die Sonne scheint und mein Auto ohne Klimaanlage ist ein Brutkasten. Ich fahre weiter zum Parkplatz und halte direkt unter einem Baum. Trotz Hitze bleibe ich noch kurz sitzen und beobachte den Weg über den Hof, der zum Rosengarten führt. Ein seltsames Gefühl, denn ich bin diesen Weg noch nie ohne die Familie gegangen. Mit der kleinen Muscheltüte der Kinder in der Hand schreite ich über den Hof und trete über die kleine Holzbrücke ein in den Rosengarten. Ich kenne den Weg ja nur zu gut und laufe zunächst ganz entspannt. Je näher ich dem Streubeet komme, um so angespannter werde ich aber. Ich nehme die letzte Kurve und befinde mich schon direkt vor dem eingelassenen, ovalen Rondell. Links hinten am anderen Ende des Beetes stehen nebeneinander die beiden Gedenkschilder von Eule und Lakritze. Sie sehen nicht mehr so neu aus wie am Anfang. Bald vier Jahre hier bei Wind und Wetter – das ist eine lange Zeit. Das Wetter hat den klaren Schwarz-Weiß-Kontrast zwischen Schildplatte und Schrift mittlerweile etwas verwaschen erscheinen lassen. Schlicht sehen die Schilder aus neben den zum Teil viel neueren Buntfotos, Kuscheltieren und Blumen der anderen. Vorsichtig steige ich über die Trittsteine im Streubeet, bis ich fast an „unserem Platz" angekommen bin. Ich habe Hemmungen, auf die Asche zu treten. Mechanisch nähere ich mich unseren beiden Trauerschildern. Ich beobachte mich dabei, wie ich etwas verkrampft und irgendwie unsicher die Muscheln und Feuersteinchen der Kinder im Kreis um unsere kleine Gedenkstätte, hier am hinteren Rand des Steubeetes, positioniere.

Merkwürdige Gedanken kommen mir in den Sinn. Sind die Hunde enttäuscht, weil ich allein da bin? Welche Rolle hatte ich für die Hunde innerhalb der Familie? Ich versuche, meine wirren Gedanken abzuschütteln und setze mich erst einmal auf die Bank am Ende des Beetes. Die Sonne scheint mir ins Gesicht. Es ist jetzt, gerade Ende Mai, schon sommerlich warm. Ich schließe die Augen und höre das Zwitschern der Vögel. Ich öffne die Augen und ein Mäuschen huscht durch die Büsche davon. Bunte Schmetterlinge flattern von Blüte zu Blüte. Ein gelber Zitronenfalter erscheint direkt über mir. Es sieht aus, als flöge er geradeaus dem blauen Himmel entgegen. Ich bin allein am Streubeet. Andere Menschen sind nicht zu sehen. Ich schließe wieder die Augen und genieße die warme Sonne im Gesicht. War es zu Hause so warm, lag Eule drinnen am liebsten lang auf der untersten Stufe unserer kühlen Marmortreppe. Draußen kroch sie dann stets in den Schatten unter ihren geliebten Bauwagen. Abkühlung, Schutz und Geborgenheit. Mit geschlossenen Augen sehe ich Eule mit ihrem langen, glänzenden Fell entspannt an diesem Lieblingsplatz dösen. Ich saß dann oft barfuß auf unserem kleinen, aber feinen Sandstrand, den wir nicht nur unter dem Bauwagen, sondern auch davor aufgeschüttet haben. Auf der Bauwagentreppe mit einem Buch sitzend las und lese ich noch heute gerne, während ich meine Füße im Sand einbuddele. Wie gerne kuschelte ich meine Füße aber auch in Eules Fell ein. Ich spürte in diesem Moment wieder ganz genau, wie warm und weich es war. Als Lakritze später immerhin für einen Sommer dazukam, liebte die Kleine es, immer wieder meine Füße aus dem Sand zu buddeln. Ich musste bei dem Gedanken laut lachen, obwohl ich doch nun am gemeinsamen Grab von Eule und Lakritze saß. Ich spürte nochmal wahrhaftig, wie Lakritze beim Ausbuddeln meine Füße kitzelte. Und ich hörte die gelassene Eule gleichzeitig genüsslich seufzen. Ihr größter Temperamentsausbruch in dieser urgemütlichen Lage war einmal ein ganz kurzes, sonores Wuff.

Ich entspanne mich mehr und mehr und fühle mich gar nicht mehr so unsicher am Streubeet. Meine Erinnerungen fühlen sich sogar lebendig an. Ich blicke hoch und blinzele durch das

Sonnenlicht von meiner Bank aus hinüber zu den Gedenkschildern von Eule und Lakritze. Die Erinnerungen haben mich wirklich entspannt. Die Gedenkschilder sehen gar nicht mehr düster, leblos und verwittert aus. Wie sie so schlicht und nah beieinander stehen, berühren sie mein Herz. Zeitlos intensiv und gemeinsam halten sie die Stellung. Man sieht, dass sie und ihr Schicksal eng zusammengehören.

Mit dem Wissen von heute würde ich etwas anders machen: Könnte ich die Zeit zurückdrehen, würde ich mit Eule und Lakritze noch intensiver leben.

Der Schmerz des Verlustes hat bewirkt, dass wir mit Toffifee und Smilla Schneewittchen noch viel bewusster durchs Leben gehen.

Langsam stehe ich auf und mache mich auf den Weg. Worte sind nicht nötig. Wir haben miteinander gesprochen und werden die Verbindung immer halten.

Ich gehe an diesem Tag nicht mehr durch den Rosengarten und besuche somit dort auch nicht die Pyramide. Langsam schlendere ich zum Auto. Ich freue mich auf meinen Mann, meine Kinder sowie Toffifee und Smilla Schneewittchen.

Bei uns ist immer was los: Vier Menschen und vier Hunde.

7 Ausblick ...

Wer die Kostbarkeit des Augenblicks entdeckt, findet das Glück des Alltags.
[Adalbert Stifter]

Der Mensch stellt sich als „Krönung der Schöpfung" stolz an die oberste Stelle des Systems. Blättern wir durch die Geschichte der Menschheit, sind wir eindeutig Chef. Schade nur, dass Chef viel zu wenig in der Lage ist, sich für seine oft schlimmen Taten zu schämen. Kriege, Klimawandel und Habgier.
Wir machen weiter, bis die Welt kaputt ist.
Natürlich stellt der Mensch sich auch stolz über das Tier. Allerdings vergisst er dabei, dass er in dieser Position Verantwortung für die Tiere übernehmen sollte:
Massentierhaltung, Tierversuche, Töten männlicher Küken, Zoo, Zirkus. Für all das Tierleid ist der Mensch verantwortlich und sollte eigentlich vor lauter Scham im Erdboden versinken. Doch er macht weiter, denn Macht und Geld regieren die Welt.
Studiert man das Verhalten der Tiere und den tierischen Umgang miteinander, erkennt man schnell, dass der Mensch vom Tier jede Menge lernen kann. Dazu müsste man sich aber mit dem Tier als Lebewesen beschäftigen, Vertrautheit aufbauen und es annehmen. Als chic gilt es zum Beispiel oft vorschnell, einen Hund zu haben. Wenn er nicht funktioniert oder man plötzlich merkt, dass man auch mal Abstriche machen muss in Sachen Urlaub, Partys oder Beruf, bröckelt die schicke Fassade vom naturverbundenen Leben mit Hund. Wenn man dann auch noch ausschlafen möchte, nicht bei Wind und Wetter Gassi gehen will und draußen direkt vor der Haustür drängelt, damit der Hund sein Geschäft schnell erledigt, ist es fünf vor zwölf. In sich gehen und sein Mensch-Hund-Verhältnis neu aufbauen sollte Chef. Wenn das praktiziert würde, gäbe es nicht so viele Hunde in den Tierheimen.
Wir leben mit den Hunden im Hier und Jetzt. Die Kinder bekommen ein Bewusstsein für Natur und Tier, wie sie es in keinem Lehrbuch erwerben können. Respekt vor dem Lebendigen und ein

Gefühl für Recht und Unrecht. Sie genießen die Zeit mit ihren Hunden. Und sie trauern um sie, wenn sie sterben, denn es sind und bleiben über den Tod hinaus Familienmitglieder.

Menschen sammeln Vielerlei: Briefmarken, Münzen, kleine Modellautos. Ich sammle keine Dinge. Keine Gegenstände, die in den Setzkasten kommen.

Ich sammle Momente. Kostbare Augenblicke. Erinnerungen, die ich im Gedächtnis speichere und hin und wieder aufschreibe, um sie nicht zu vergessen.

Erlebnisse mit meinem Mann und unseren Kindern. Große Gefühle bei unserer Hochzeit und den Geburten der Kids. Augenblicke des absoluten Glücks. Momente, die man nie vergisst. Ausgelassenheit und Leichtigkeit beim Spielen und Laufen mit unseren Hunden. Und dann plötzlich Augenblicke unsagbarer Angst um unsere totkranken Hunde Eule und Lakritze. Momente der Hoffnung und im nächsten Augenblick unfassbare Trauer und Leere im Haus ohne Eule und Lakritze. Und dann doch ganz zarte Momente der Leichtigkeit: Ein Augenzwinkern und Lächeln mit Hoffnung und Perspektive beim Einzug der kleinen Toffifee. Zwei Jahre später das wunderbare Gefühl, mit dem Einzug von Smilla wieder komplett zu sein.

So manche Träne habe ich beim Schreiben unserer Geschichte vergossen. Doch auch gelacht habe ich und mich gefreut über die vielen Erlebnisse, die uns für immer verbinden.

Wir werden den Blick zur Regenbogenbrücke halten und unsere Hoffnung nicht verlieren. Wenn wir gefragt werden, ob wir einen Hund haben, antworten wir stets stolz:

„Wir haben vier Hunde:
Zwei im Himmel und zwei hier auf der Erde."

Kostbarste Augenblicke, die uns zeigen, wie intensiv das Leben ist…

ohne Ende